Gerhart Hauptmann

De Waber (Die Weber)

Schauspiel aus den Vierziger Jahren

Gerhart Hauptmann

De Waber (Die Weber)
Schauspiel aus den Vierziger Jahren

ISBN/EAN: 9783743606586

Hergestellt in Europa, USA, Kanada, Australien, Japan

Cover: Foto ©Andreas Hilbeck / pixelio.de

Manufactured and distributed by brebook publishing software (www.brebook.com)

Gerhart Hauptmann

De Waber (Die Weber)

De Waber.

GERHART HAUPTMANN.

(Die Weber.)

Schauspiel aus den vierziger Jahren.

Dialekt-Ausgabe.

―――――――――

Berlin.
S. Fischer, Verlag.
1892.

Von **Gerhart Hauptmann** erschienen im gleichen Verlage:

Der Sonnenaufgang.
Soziales Drama.

Das Friedensfest.
Eine Familienkatastrophe.
Bühnendichtung.

Einsame Menschen.
Drama.

Die Weber.
Schauspiel aus den vierziger Jahren.
Hochdeutsche Ausgabe.

Jeder Band eleg. geh. Mark 2,—
„   „   eleg. geb.   „   2,75.

Wenn ich Dir, lieber Vater, dieses Drama zuschreibe, so geschieht es aus Gefühlen heraus, die Du kennst und die an dieser Stelle zu zerlegen keine Nöthigung besteht.

Deine Erzählung vom Großvater, der in jungen Jahren, ein armer Weber, wie die Geschilderten hinter'm Webstuhl gesessen, ist der Keim meiner Dichtung geworden, die, ob sie nun lebenskräftig, oder morsch im Innern sein mag, doch das Beste ist, was „ein armer Mann wie Hamlet ist" zu geben hat.

Dein

Gerhart.

Meinem Vater

Robert Hauptmann

widme ich dieses Drama.

Erster Akt.

Die Weber.

Personen des ersten Aktes.

Fabrikantengruppe:

Dreißiger, Parchend-Fabrikant.
Pfeifer, Expedient ⎫
Neumann, Cassirer ⎬ bei Dreißiger.
Der Lehrling, ⎭

Webergruppe:

Bäcker.
Der alte Baumert.
Reimann.
Heiber.
Erster Weber.
Erste Weberfrau.
Ein alter Weber.
Ein Junge.
Eine Anzahl Weber und Weberfrauen.

(Ein geräumiges, graugetünchtes Zimmer in Dreißigers Haus zu Peterswaldau. Der Raum, wo die Weber das fertige Gewebe abzuliefern haben. Linker Hand sind Fenster ohne Gardinen, in der Hinterwand eine Glasthür, rechts eine ebensolche Glasthür, durch welche fortwährend Weber, Weberfrauen und Kinder ab- und zugehen. Längs der rechten Wand, die, wie die übrigen, größtentheils von Holzgestellen für Parchend verdeckt wird, zieht sich eine Bank, auf der die angekommenen Weber ihre Waare ausgebreitet haben. In der Reihenfolge der Ankunft treten sie vor und bieten ihre Waare zur Musterung. Expedient Pfeifer steht hinter einem großen Tisch, auf welchen die zu musternde Waare vom Weber gelegt wird. Er bedient sich bei der Schau eines Cirkels und einer Lupe. Ist er zu Ende mit der Untersuchung, so legt der Weber den Parchend auf die Wage, wo ein Comptoirlehrling sein Gewicht prüft. Die abgenommene Waare schiebt derselbe Lehrling in's Repositorium. Den zu zahlenden Lohnbetrag ruft Expedient Pfeifer dem an einem kleinen Tischchen sitzenden Kassirer Neumann jedesmal laut zu.)

Es ist ein schwüler Tag gegen Ende Mai. Die Uhr zeigt zwölf. Die meisten der harrenden Webersleute gleichen Menschen, die vor die Schranken des Gerichts gestellt sind, wo sie in peinigender Gespanntheit eine Entscheidung über Tod und Leben zu erwarten haben. Hinwiederum haftet allen etwas Gedrücktes, dem Almosenempfänger eigenthümliches an, der, von Demüthigung zu Demüthigung schreitend, im Bewußtsein nur geduldet zu sein, sich so klein als möglich zu machen gewohnt ist. Dazu kommt ein starrer Zug resultatlosen, bohrenden Grübelns in aller Mienen. Die Männer, einander ähnelnd, halb zwerghaft, halb schulmeisterlich, sind in der Mehrzahl flachbrüstige, hüstelnde, ärmliche Menschen mit schmutzigblasser Gesichtsfarbe: Geschöpfe des Webstuhls, deren Knice in Folge vielen Sitzens gekrümmt sind; ihre Weiber zeigen weniger Typisches auf den ersten Blick; sie sind aufgelöst, gehetzt, abgetrieben, während die Männer eine gewisse klägliche Gravität noch zur Schau tragen — und zerlumpt, wo die Männer geflickt sind. Die jungen Mädchen sind mitunter nicht ohne Reiz; wächserne Blässe, zarte Formen, große, hervorstehende, melancholische Augen sind ihnen dann eigen.

Cassirer Neumann (Geld aufzählend). Bleibt sech=
zehn Silbergroschen zwei Pfennig.
Erste Weberfrau (dreißigjährig, sehr abgezehrt, streicht das Geld ein mit zitternden Fingern). Sein se bedankt.
Neumann (als die Frau stehen bleibt). Nu? stimmt's etwa wieder nich?
Erste Weberfrau (bewegt, flehentlich). A par*) Fenniche uf Vorschuuß hätt' ich doch halt a su netich.
Neumann. Ich hab a par hundert Thaler netich. Wenn's ufs Netichhaben ankäm —! (Schon mit Auszahlen an einen andern Weber beschäftigt, kurz.) Iber den Vor=
schuß hat Herr Dreißiger selbst zu bestimmen.
Erste Weberfrau. Kend' iich do verleicht amol miid'n Herr Dreißiger salber räda?
Expedient Pfeifer (ehemaliger Weber. Das Typische an ihm ist unverkennbar; nur ist er wohlgenährt, gepflegt, gekleidet, glatt rasirt, auch ein starker Schnupfer. Er ruft barsch herüber). Da hätte Herr Dreißiger weeß Gott viel zu thun, wenn a sich im jede Kleenigkeit salber bekimmern selbe. Dazu sein mir da. (Er zirkelt und untersucht mit der Lupe.) Schwerenoth! Das zieht. (Er packt sich einen dicken Shawl um den Hals.) Macht be Thire zu, war de rei' kimmt.
Der Lehrling (laut zu Pfeifer). Das is, wie wenn man mit Kletzen redte.
Pfeifer. Abgemacht seela! — Wage! (Der Weber legt das Webe auf die Wage.) Wennt er ock Eure Sache besser verstehn thät't. Treppa hot's wieder dinne... iich sah gar nee hi. A guder Waber verschiebt's Uuf=
beema ni war weeß wie lange.

---

*) Das a wird lang und mit einem kaum hörbaren Vorschlag von o gesprochen.

Bäcker (ist gekommen. Ein junger, ausnahmsweise starker Weber dessen Gebahren ungezwungen, fast frech ist. Pfeifer, Neumann und der Lehrling werfen sich bei seinem Eintritt Blicke des Einvernehmens zu). Schwere Jacht ju! Do sol enner wieder schwitza wie a Logasaak.

Erster Weber (halblaut). 'S sticht gar sihr no Rägen.

Der alte Baumert (drängt sich durch die Glasthür rechts. Hinter der Thür gewahrt man die Schulter an Schulter gedrängt, zusammengepfercht wartenden Webersleute. Der Alte ist nach vorn gehumpelt und hat sein Pack in der Nähe des Bäcker auf die Bank gelegt. Er setzt sich daneben und wischt sich den Schweiß). Hie iis an' Ruh verdient.

Bäcker. Ruh iis besser wie a Bime Geld.

Der alte Baumert. A Bime Geld selde au sein. Tak' o Bäcker!

Bäcker. Tak' o Vater Baumert! Ma muuß wieder luern war meeß wie lange!

Erster Weber. Das kimmt ni druf a. A Waber wart't an Stunde aber an Taag. A Waber iis ock an' Sache.

Pfeifer. Gat Ruhe da derhingen! Ma versteht ja sei eegnes Wort nich.

Bäcker (leise). A hoot hinte wieder sen'n tälscha Taag.

Pfeifer (zu dem vor ihm stehenden Weber). Wie uft ha ich's Euch schunn gesa't: Besser putzen sullt er. Was is denn das ser an' Schlauderei? Hie sein Klunkern brinne, a su lang wie mei Finger, und Struh und allerhand Dreck.

Weber Reimann. 'S mächt halt a neu Nopp-Zängla sein.

Lehrling (hat das Webe gewogen). 'S fehlt auch am Gewicht.

Pfeifer. An Sorte Waber iis hier a so. Schade ser jede Käte, die ma ausgibbt. O Jes, zu meiner Zeit! Mir hätt's wull mei Meester angestrichen. Dozemol do war das no a auder Ding im das

Spinnwesen. Do mußt' enner noch sei Geschäfte ver=
stihn. Hinte da is das ni mehr netich. — Reima
zehn Silbergroschen.

  Weber Reimann. E Fund werd do gerech't uuf
Abgang.

  Pfeifer. Ich hab' keine Zeit. Abgemacht seela.
Was brengt Ihr?

  Weber Heiber (legt sein Webe auf. Während Pfeifer unter=
sucht, tritt er an ihn und redet halblaut und eifrig in ihn hinein). Se
werden verzeihen, Herr Feiser, ich mechte Sie gittichst
gebata han, eeb Se verleicht und Se welda a su
gnädich sein und welda mer da Gefalln thun und
lissa mer a Vorschuuß dasmol ni abrecha.

  Pfeifer (zirkelnd und guckend, höhnt). Nu do! Das
macht sich ju ernt. Hie is woll d'r halbe Einschuß
wieder auf a Feifeln geblieb'n?

  Weber Heiber (in seiner Weise fortfahrend). Jich weld's
ju gerne uuf de neue Wuche gleiche macha. Vergangne
Wuche hatt' ich ock zwee Howetage uuf'n Dominien
zu leista. Doderbeine lei't Meine krank derheeme…

  Pfeifer (das Stück an die Wage gebend). Das is ebens
wieder an richt'che Schlauderarbeit. (Schon wieder ein
neues Webe in Augenschein nehmend.) A ju a Salband, bal
brect, bal schmal. Emol hoot's d'r Eischuuß zu=
samma gerißa, war weeß wie sihr, dann hoot's wieder
amol 's Sperrrittla auseinandergezeu'n. Und uf
a Zoll kaum sibzich Fabla Eitrag. Wu is denn d'r
Ibriche? Wo bleibt da die Reellität? Das wär a
so was!

  Weber Heiber (unterdrückt Thränen, steht gebemüthigt und
hilflos).

  Bäcker (halblaut zu Baumert). Dar Pakasche mächt
ma no Garn drzune keesa.

  Erste Weberfrau (welche nur wenig vom Cassentisch zurück=
getreten war und sich von Zeit zu Zeit mit starren Augen hilfesuchend um=
gesehen hat, ohne von der Stelle zu gehen, faßt sich ein Herz und wendet sich
von Neuem flehentlich an den Cassirer). Jich kan halt bale….

iich wiß gar nee, wenn Se mer das Mal und ga'n mer ken'n Vorschuuß... o Jesis, Jesis.

Pfeifer (ruft herüber). Das iis a Gejesere do! Lußt ock a Herr Jesus in Frieden. Ihr hat's ju suster ni a su ängstlich im a Herr Jesus. Paßt lieber uf Euern Mann uf, das und ma sit a nich aller Auchablicke hinger'm Kratsch'nfanster sitza. Mir kimm ken'n Vorschuß ga'n. Mir miss'n Rechenschaft ab= legen dahier. 'S is au ni unser Geld. Von uns werd's bernachert verlangt. Wer de fleißig is und seine Sache versteht und ei der Furcht Gottes seine Arbeit verricht't, dar braucht iberhaupt nie ken'n Vorschuuß nich. Abgemacht Seese.

Neumann. Und wenn a Bielauer Weber 's vierfache Lohn kricht, da versumseit er's vierfache und macht noch Schulden.

Erste Weberfrau (laut, gleichsam an das Gerechtigkeitsgefühl Aller apellirend). Ich bin gewiiß ni faul, aber iich kan ni meh a su furt. Ich ha halt do zwee Mal an Ibergang geha't. Und was de miei Mau iis, dar iis o blußich halb; a war bei'n Zerler Schafer, aber dar hob'n doch au ni kin'n vo sen'n Schada halfa und do... Zwinga kan ma's doch nee... Mir arbta gewiiß was, mer uufbreeta. Ich ha schun viele Wucha ken'n Schlof ei a Aucha gehat, und 's werd au schunt wieder gihn, wenn ock iich und iich war' de Schwäche wieder a wing raus krija aus a Knucha. Aber Se missa halt o a cenzichtes Bißla a Eisahn ha'n. (Inständig, schmeichlerisch flehend.) Sein S' ock schuun gebata und bewillija mer das Mol a par Greschla)

Pfeifer (ohne sich stören zu lassen). Fiedler elf Silber= groschen.

Erste Weberfrau. Ock a par Greschla, daß m'r zu Brute kumma. D'r Paner gibbt nischt meh uf a Borg. — Ma hoot a Häffla Kinder...

Neumann (halblaut und mit komischem Ernst zum Lehrling).

Die Leinweber haben alle Jahre ein Kind, alle walle, alle walle, puff, puff, puff.

Der Lehrling (giebt ebenso zurück). Die Blitzkröte ist sechs Wochen blind (summt die Melodie zu Ende) alle walle, alle walle, puff, puff, puff.

Weber Reimann (das Geld nicht anrührend, welches der Cassirer ihm aufgezählt hat). Mer ha'n doch itzt immer drei=z'ntehalb Bima kriicht fer a Webe.

Pfeifer (ruft herüber). Wenn's Euch ni paßt, Reima, da braucht er blos ee Wort sa'n. Waber hot's genung. Bunt sujte wie Ihr seid. Fer a volles Gewichte gibbt's auch an vollen Lohn.

Weber Reimann. Das hi was fahl'n selbe, an'n Gewichte....

Pfeifer. Brengt a fahlerfreies Stick Parchent, do werd auch am Luhn nischt fahl'n.

Weber Reimann. Daß's hi und selbe zu viel Placker dinne ha'n, das kan doch reen gar ni meeg=lich sein.

Pfeifer (im Untersuchen). War be gutt wabt, bar be gutt labt.

Weber Heiber (ist in der Nähe Pfeifer's geblieben um nochmals einen günstigen Augenblick abzupassen. Ueber Pfeifer's Wortspiel hat er mitgelächelt, nun tritt er an ihn und redet ihm zu wie das erste Mal). Jich wullde Se gittichst gebate ha'n, Herr Feifer, eeb Se ver=leicht und Se welda a su barmherzich sein und rechta mer a Fimfbimer Vorschuuß das Mol ni ab. Meine leit schun seit d'r Fasnich krumm eim Bette. Se kan mer ken'n Schlag Arbeit ni verrichta. Do muuß iich a Spulmadel bezal'n. Desthalbig...

Pfeifer (schnupft). Heiber, iich ha ni ock Euch alleene abzuferticha. Die Andern wull'n au drakumma.

Weber Reimann. A su ha iich de Werfte kriicht — a su ha iich se uufgebeemt und wieder runder ge=numma. A besser Garn wie ich kriicht ha, kan iich nee zurickbrenga.

Pfeifer. Paßt's euch ni, do braucht er euch blus keene Werste nich abzuhulln. Mer han er genug, die de sich's Lader vo a Fissa dernoch ablaufa.

Neumann (zu Reimann). Wollt ihr das Geld nich nehmen?

Weber Reimann. Ich kan mich dorchaus a su ni zufriede gahn.

Neumann (ohne sich weiter um Reimann zu bekümmern). Heiber zehn Silbergroschen. Geht ab fünf Silbergroschen Vorschuß. Bleiben fünf Silbergroschen.

Weber Heiber (tritt heran, sieht das Geld an, steht, schüttelt den Kopf, als könnte er etwas garnicht glauben und streicht das Geld langsam und umständlich ein). O meins, meins! — (Seufzend.) Nu, do do!

Der alte Baumert (Heiber'n in's Gesicht). Ju, ju Franze! Do kan ees schunn manchmol enn Seufzrich gihn loon.

Weber Heiber (mühsam redend). Siich ock, iich ha a krank Mädel derheeme zu lieja. Do mecht a Flaschla Medzin sein.

Der alte Baumert. Wu thut's er'n fahlen?

Weber Heiber. Nu siich ock, 's war halt vu kleen uuf a vermickerte Dingla. Ich wiß garnee... na, dir kan iich's ju san: — se hoot's miit uuf de Welt gebrucht. A su an Unrenichkeet iber und iber bricht 'r halt durch's Gblitte.

Der alte Baumert. Iberall hoot's was. Wu eemol's Armutt iis, do kimmt au Unglicke iber Unglicke. Do iis o kee Halt und keene Rettung.

Weber Heiber. Was huft d'nn do eigepackt ei dan Tichla?

Der alte Baumert. Mer sein halt gar blank derheeme. Do ha ich halt inse Hundla schlachta loon. Viel iis ni dra, a war o halb d'rhingert. 'S war a klee nette Hundla. Salber abstechc mucht ich a nee. Ich kunnt mer eemol kee Herze ni fassa.

Pfeifer (hat Bäcker's Webe untersucht, ruft). Bäcker, dreizehntehalb Silbergroschen.

Bäcker. Das iis a schäbiches Almosen aber kee Luhn.

Pfeifer. Wer abgefertigt is, hat's Lokal zu verlassen. Mir kinn ins vorhero ni rihren.

Bäcker (zu den Umstehenden, ohne seine Stimme zu dämpfen). Das iis a schäbiges Trinkgeld, wetter nischt. Do sool ees trata vum friha Murcha biis ei de sinkniche Nacht. Und wenn ma achtza Tage iberm Stuhle gelaau hoot, Obend ver Obend wie ausgewunda, halb tränig ver Stob und Gluthitze, do hoot ma sich glicklich drei-z'ntehalb Bima derschindt.

Pfeifer. Hie wird nich gemault!

Bäcker. Vu ihn luß ich mer'sch Maul no lange nee verbieta.

Pfeifer (springt mit dem Ausruf). Das mecht ich doch amal sehn (nach der Glasthür und ruft in's Comptoir). Herr Dreißicher, Herr Dreißicher, mechten sie amal so freundlich sein!

Dreißiger (kommt. Junger Vierziger, fettleibig, asthmatisch. Mit strenger Miene). Was — giebt's denn, Pfeifer?

Pfeifer (glupsch). Bäcker will's Maul ni verbitten lassen.

Dreißiger (giebt sich Haltung, wirft den Kopf zurück, fixiert Bäcker mit zuckenden Nasenflügeln). Ach so — Bäcker! — — (Zu Pfeiffer.) Is das der...? (Die Beamten nicken.)

Bäcker (frech). Ju, ju, Herr Dreißicher! (Auf sich zeigend.) Das iis dar (auf Dreißiger zeigend) und das is dar.

Dreißiger (indignirt). Was erlaubt sich denn der Mensch!?

Pfeifer. Dem geht's zu gutt! Der geht a so lange auf's Eis tanzen, bis a's amal versehen hat.

Bäcker (brutal). O du Fennigmannla, haal ock du deine Frasse. Deine Mutter maag sich wull ei a Neunmonda beim Basenreita am Luciseer versahn han, das a su a Teiwel aus dir geworn iis.

Dreißiger (in ausbrechendem Jähzorn, brüllt). Maul halten! auf der Stelle Maul halten, sonst... (er zittert, thut ein paar Schritte vorwärts).

Bäcker (mit Entschlossenheit ihn erwartend). Ich biin ni taub. Ich hiir uo gut.

Dreißiger (überwindet sich, fragt mit anscheinend geschäftsmäßiger Ruhe). Is der Bursche nicht auch dabei gewesen?

Pfeifer. Das is a Bielauer Weber. Die sein iberall d'rbei, wo's an Unfug zu machen gibbt.

Dreißiger (zitternd). Ich sag' euch also: passirt mir das noch einmal und zieht mir noch einmal so eine Rotte Halbbetrunkener, so eine Bande von grünen Lümmeln am Hause vorüber wie gestern Abend — mit diesem niederträchtigen Liede...

Bäcker. 's Bluttgericht meenen se wull?

Dreißiger. Er wird schon wissen, welches ich meine. Ich sag' euch also: hör' ich das noch einmal, dann laß' ich mir einen von euch 'rausholen und — auf Ehre, ich spaße nicht, — den übergebe ich dem Staatsanwalt. Und wenn ich 'raus bekomme, wer dies elende Machwerk von einem Liede...

Bäcker. Das iis a schii Lied, das!

Dreißiger. Noch ein Wort und ich schicke zur Polizei — augenblicklich. — Ich fackle nicht lange. — Mit euch Jungens wird man doch noch fertig werden. Ich bin doch schon mit ganz andren Leuten fertig geworden.

Bäcker. Nu das wiil iich gleba. A su a richtcher Fabrikante, dar werd miit zwee=dreihundert Wabern fartich, eeb ma sich imsitt. Do läßt a o no ni a par mursche Knucha ibrich. A su enner dar hoot vier Maga wie an Kuh nnd a Gebiis wie a Wulf. Nee nee, do hoot's nischt!

Dreißiger (zu den Beamten). Der Mensch bekommt keinen Schlag Arbeit mehr bei uns.

Bäcker. O, eeb ich a'n Wabstuhle berhingere, aber ein Stroszagraba, das is mir eegal.

Dreißiger. 'Naus, auf der Stelle raus!

Bäcker (fest). Erst wiil iich mei Luhn han.

Dreißiger. Was kriegt der Kerl, Neumann?

Neumann. Zwölf Silbergroschen fünf Pfennige.

Dreißiger (nimmt überhastig dem Kasstrer das Geld ab und wirft es auf den Zahltisch, so daß einige Münzen auf die Diele rollen). Da! — hier! — und nu rasch — mir aus den Augen!

Bäcker. Erscht wiil iich mei Luhn han.

Dreißiger. Da liegt sein Lohn; und wenn er nun nich macht, daß er 'raus kommt.... Es ist grade zwölf.... Meine Färber machen grade Mittag....

Bäcker. Mei Luhn gehirt ei meine Hand. Hie har gehirt mei Luhn. (Er berührt mit den Fingern der rechten, die Handfläche der linken Hand.)

Dreißiger (zum Lehrling). Heben Sie's auf, Tilgner.

Der Lehrling (thut es, legt das Geld in Bäcker's Hand).

Bäcker. Das muß alls sen richtchen Paß gihn.
(Er bringt, ohne sich zu beeilen, in einen alten Beutel das Geld unter.)

Dreißiger. Nu? (Als Bäcker sich noch immer nicht entfernt, ungeduldig.) Soll ich nun nachhelfen?

(Unter den dichtgedrängten Webern ist eine Bewegung entstanden. Jemand stößt einen langen, tiefen Seufzer aus. Darauf geschieht ein Fall. Alles Interesse wendet sich dem neuen Ereigniß zu.)

Dreißiger. Was giebt's denn da?

Verschiedene Weber und Weberfrauen. "Siis enner higeschlan." — "Siis a klee hiprich Jungla." — "Is's ernt be Kränkte aber was?!"

Dreißiger. Ja... wie denn? Hingeschlagen? (Er geht näher.)

Alter Weber. A leit halt do. (Es wird Platz gemacht. Man sieht einen etwa achtjährigen Jungen wie todt an der Erde liegen.)

Dreißiger. Kennt Jemand den Jungen?

Alter Weber. Aus insen Durfe iis a ni.

Der alte Baumert. Das sitt ju baal aus, wie Heinricha's. (Er betrachtet ihn genauer.) Ju, ju! Das iis Heinricha's Gustavla.

Dreißiger. Wo wohnen denn die Leute?

Der alte Baumert. Nu, duba bei ins, ein Kaschbache, Herr Dreißicher. Ha giht Musicke macha, und am Tage do leit a iberm Stuhle. Se han neun Kinder und's zaahnte iis unterwajens.

Verschiedene Weber und Weberfrauen. „Da Leuta giht's gar sihr kümmerlich." — Dann rant's ei de Stube." — „Das Weib hoot keene zwee Hembla fer die neun Borschta."

Der alte Baumert (den Jungen anfassend). Nu, Jingerla, was hoot's denn mit Dir? Do wach ock uuf!

Dreißiger. Faßt mal mit an, wir wollen ihn mal aufheben. Ein Unverstand ohne gleichen, so'n schwächliches Kind diesen langen Weg machen zu lassen. Bringen Sie mal etwas Wasser, Pfeifer!

Weberfrau (die ihn aufrichten hilft). Mach ock ni ernt Dinge und sterb, Jingla!

Dreißiger. Oder Cognac, Pfeifer, Cognac is besser.

Bäcker (hat von Allen vergessen, beobachtend gestanden. Nun, die eine Hand an der Thürklinke, ruft er laut und höhnisch herüber). Gatt 'n ock was zu frassen, do werd a schunn zu sich kumma. (Ab.)

Dreißiger. Der Kerl nimmt kein gutes Ende. — Nehmen Sie ihn unter'm Arm, Neumann. — Langsam... langsam... so... so... wir wollen ihn in mein Zimmer bringen. Was wollen Sie denn?

Neumann. Er hat was gesagt, Herr Dreißiger! Er bewegt die Lippen.

Dreißiger. Was — willst Du denn, Junge!

Der Junge (haucht). Mich h.. hingert!

Dreißiger (wird bleich). Man versteht ihn nich.

Weberfrau. Ich globe, a meente...

Dreißiger. Wir werden ja sehn. Nur ja nich aufhalten. — Er kann sich bei mir auf's Sofa legen. Wir werden ja hören, was der Doctor sagt.

(Dreißiger, Neumann und die Weberfrau führen den Jungen in's Comptoir. Unter den Webern entsteht eine Bewegung, wie bei Schulkindern, wenn der Lehrer die Klasse verlassen hat. Man reckt und streckt sich, man flüstert, tritt von einem Fuß auf den andern und in einigen Sekunden ist das Reden laut und allgemein.)

Der alte Baumert. Ich gleeb immer, Bäcker hoot recht.

Mehrere Weber und Weberfrauen. „A sate ju o a su was." — „Das iis hie nischt Neues, das amol enn d'r Hunger schmeßt." — „Na, iberhaupt, was de da Winter irscht warn sol, wenn das hie und 's giht a su furt miit dar Lohnzwackerei." — „Und miit a Kartuffeln werd's das Johr gar schlecht."— „Hie werd's au ni anderscher, bis mer alle vund uuf'n Ricka liega."

Der alte Baumert. Am besta, ma macht's, wie d'r Nentwich Waber, ma lät sich a Schleesla im a Hals un knippt siich am Wabstuhle uuf. Do, niim an' Prise, iich war uuf Neurode, do arbeit mei Schwoger ei d'r Fabricke, wu's a macha, a Schnupp= toback. Dar hoot m'r a par Kernla gegahn dohie. Was träst denn du ei demm Tichla Schines?

Alter Weber. 'Siis ock a bißla Perlgraupe. D'r Wan von Ullbrichmiller fuhr ver m'r har. Do war a Saack a wing uufgeschlißt. Das kimmt mir gar sihr zu passe, kanst gleeba.

Der alte Baumert. Zweeunzwanzich Mihlen sein ei Piterschwaal, und fer inserees fällt doch nischt ab.

Alter Weber. Ma muuß ebens a Mutt ni sinka loon, 's kimmt immer wieder was und hilft een' a Stickla wetter.

Weber Heiber. Ma muuß ebens, wenn d'r Hunger kimmt, zu a verza Nuthhalfern bata, und

wenn ma doderoone ernt ni fat werd, do muuß ma
an Sleen eis Maul nahma und dra lutscha. Gell,
Baumert?

(Dreißiger, Pfeifer, sowie der Cassirer kommen zurück.)

Dreißiger. Es war nichts von Bedeutung.
Der Junge ist schon wieder ganz munter. (Erregt und
pustend umhergehend.) Es bleibt aber immer eine Gewissen=
losigkeit. Das Kind ist ja nur so'n Hälmchen zum
umblasen. Es ist rein unbegreiflich, wie Menschen...
wie Eltern so unvernünftig sein können. Bürden ihm
zwei Schock Parchend auf, gute anderthalb Meilen
Wegs. Es is wirklich kaum zum glauben. Ich werde
einfach müssen die Einrichtung treffen, daß Kindern
überhaupt die Waare nich mehr abgenommen wird.
(Er geht wiederum eine Weile stumm hin und her.) Jedenfalls wünsche
ich dringend, daß so etwas nicht mehr vorkommt. —
Auf wem bleibt's denn schließlich sitzen? Natürlich
doch auf uns Fabrikanten. Wir sind an allem
schuld. Wenn so'n armes Kerlchen zur Winters=
zeit im Schnee stecken bleibt und einschläft, dann
kommt so'n hergelaufener Scribent, und in zwei Tagen
da haben wir die Schauergeschichte in allen Zeitungen.
Der Vater, die Eltern, die so'n Kind schicken....
i bewahre, wo werden die denn schuld sein! Der
Fabrikant muß 'ran, der Fabrikant is' der Sünden=
bock. Der Weber wird immer gestreichelt, aber der
Fabrikant wird immer geprügelt: das is 'u Mensch
ohne Herz, 'u Stein, 'n gefährlicher Kerl, den jeder
Preßhund in die Waden beißen darf. Der lebt
herrlich und in Freuden und giebt den armen Webern
Hungerlöhne. — Daß so'n Mann auch Sorgen hat
und schlaflose Nächte, daß er sein großes Risiko läuft,
wovon der Arbeiter sich nichts träumen läßt, daß er
manchmal vor lauter dividiren, addiren und multipli=
ciren, berechnen und wieder berechnen nich' weiß, wo
ihm der Kopf steht, daß er hunderterlei bedenken und

überlegen muß und immerfort so zu sagen auf Tod und Leben kämpft und concurrirt, daß kein Tag vergeht ohne Aerger und Verlust: darüber schweigt des Sängers Höflichkeit. Und was hängt nicht alles am Fabrikanten, was saugt nich' alles an ihm und will von ihm leben. Nee, nee! ihr solltet nur manchmal in meiner Haut stecken, ihr würd's bald genug satt kriegen. (Nach einiger Sammlung.) Wie hat sich dieser Kerl, dieser Bursche da, dieser Bäcker hier aufgeführt! Nun wird er gehen und auspojaunen, ich wäre wer weiß wie unbarmherzig. Ich setze die Weber bei jeder Kleinigkeit mir nichts, dir nichts vor die Thür. Is' das wahr? Bin ich so unbarmherzig?

Viele Stimmen. Nee, Herr Dreißicher!

Dreißiger. Na, das scheint mir doch auch so. Und dabei ziehen diese Lümmels umher und singen gemeine Lieder auf uns Fabrikanten, wollen von Hunger reden und haben so viel übrig, um den Fusel quartweise consumiren zu können. Sie sollten mal die Nase hübsch wo anders neinstecken und sehen, wie's bei den Leinwandwebern aussieht. Die können von Noth reden. Aber ihr hier, ihr Parchentweber, ihr steht noch so da, daß ihr nur Grund habt, Gott im Stillen zu danken. Und ich frage die alten fleißigen und tüchtigen Weber, die hier sind: kann ein Arbeiter, der seine Sachen zusammenhält, bei mir auskommen oder nicht?

Sehr viele Stimmen. Ja, Herr Dreißicher!

Dreißiger. Na, seht ihr! — So'n Kerl, wie der Bäcker natürlich nicht. Aber, ich rathe euch, haltet diese Burschen im Zaune; wird mir's zu bunt, dann quittire ich. Dann löse ich das Geschäft auf, und dann könnt ihr seh'n, wo ihr bleibt. Dann könnt rih seh'n, wo ihr Arbeit bekommt. Bei Ehren=Bäcker sicherlich nicht.

Erste Weberfrau (hat sich an Dreißiger herangemacht, putzt mit kriechender Demuth Staub von seinem Rock). Se han sich a brinkel agestrichen, gnädicher Herr Dreißicher.

Dreißiger. Die Geschäfte geh'n hundsmiserabel, das wißt ihr ja selbst. Ich setze zu, statt daß ich verdiene. Wenn ich trotzdem dafür sorge, daß meine Weber immer Arbeit haben, so setze ich voraus, daß das anerkannt wird. Die Waare liegt mir da in tausenden von Schocken, und ich weiß heut noch nicht, ob ich sie jemals verkaufen werde. — Nun hab' ich gehört, daß sehr viele Weber hierum ganz ohne Arbeit sind und da... na, Pfeifer mag euch das Weitre auseinandersetzen. — Die Sache ist nämlich die: damit ihr den guten Willen seht... ich kann natürlich keine Almosen austheilen, dazu bin ich nicht reich genug, aber ich kann bis zu einem gewissen Grade den Arbeitslosen Gelegenheit geben, wenigstens 'ne Kleinigkeit zu verdienen. Daß ich dabei ein immenses Risiko habe, ist ja meine Sache. — Ich denke mir halt: wenn sich ein Mensch täglich 'ne Quarkschnitte erarbeiten kann, so ist doch das immer besser, als wenn er überhaupt hungern muß. Hab ich nicht recht?

Viele Stimmen. Ja, ja! Herr Dreißicher.

Dreißiger. Ich bin also gern bereit, noch zweihundert Webern Beschäftigung zu geben. Unter welchen Umständen, wird Pfeifer euch auseinandersetzen. (Er will gehen.)

Erste Weberfrau (vertritt ihm den Weg, spricht überhastet, flehend und dringlich). Gnädijer Herr Dreißicher, ich wullde Sie halt recht freindlich gebaata han, wenn se verleicht... ich ha halt zweemol an Ibergang gehat.

Dreißiger (eilig). Sprecht mit Pfeifer, gutte Frau, ich hab mich so schon verspätet. (Er läßt sie stehen.)

Weber Reimann (vertritt ihm ebenfalls den Weg. Im Tone der Kränkung und Anklage). Herr Dreißicher, iich muuß miich werklich beklan. Herr Feifer hoot mer... Ich ha doch fer mei Webe itzt immer zwölftehalb Bima kriecht...

Dreißiger (fällt ihm in die Rede). Dort sitzt der Expedient. Dorthin wendet euch: das is die richtige Adresse.

Weber Heiber (hält Dreißiger auf) Gnädiger Herr Dreißicher, (stotternd und mit wirrer Hast) ich wullde se vielmals gittigst gebaata han, eeb mer verleicht und a kennde mer... eeb mer b'r Herr Feifer verleicht und a kennde... a kennde.

Dreißiger. Was wollt ihr denn?

Weber Heiber. Da Vorschuuß, dann iich's letzte mool, iich meene, do iich...

Dreißiger. Ja, ich verstehe euch wirklich nicht.

Weber Heiber. Iich war a brintla sihr ei Nuuth, weil...

Dreißiger. Pfeifers Sache, Pfeifers Sache. Ich kann wirklich nicht... macht das mit Pfeifer aus. (Er entweicht in's Comptoir.)

(Die Bittenden sehen sich hülflos an. Einer nach dem andern tritt seufzend zurück.)

Pfeifer (die Untersuchung wieder aufnehmend). Na, Annla, was brengst Du?

Der alte Baumert. Was sool's denn bo setza fer a Webe, Herr Feifer?

Pfeifer. Fersch Webe zahn Silbergroschen.

Der alte Baumert. Nu das macht siich!

(Bewegung unter den Webern, Flüstern und Murren.)

Ende des ersten Aktes.

Zweiter Akt.

Personen des zweiten Aktes.

Der alte Baumert.
Mutter Baumert, seine Frau.
August, ihr Sohn.
Emma, } ihre Töchter.
Bertha,
Fritz, uneheliches Kind der Emma.
Der alte Ansorge, Häusler und Weber.
Frau Heinrich, Weberfrau.
Moritz Jäger, entlassener Soldat, ehemaliger Webergeselle.

(Das Stübchen des Häuslers Wilhelm Ansorge zu Kaschbach, im Eulengebirge.)

In einem engen, von der sehr schadhaften Diele bis zur schwarz verräucherten Balkendecke nicht sechs Fuß hohen Raum, sitzen: zwei junge Mädchen, Emma und Bertha Baumert an Webstühlen, — Mutter Baumert, eine contracte Alte, auf einem Schemel am Bett, vor sich ein Spulrad, — ihr Sohn August zwanzigjährig, idiotisch, mit kleinem Rumpf und Kopf und langen, spinnenartigen Extremitäten auf einem Fußschemel, ebenfalls spulend. Durch zwei kleine, zum Theil mit Papier verklebte und mit Stroh verstopfte Fensterlöcher der linken Wand dringt schwaches, rosafarbenes Licht des Abends. Es fällt auf das weißblonde, offene Haar der Mädchen, auf ihre unbekleideten, mageren Schultern, sowie dünne wächserne Nacken, auf die Falten des groben Hemdes im Rücken, das, nebst einem kurzen Röckchen aus härtester Leinewand, ihre einzige Bekleidung ist. Der alten Frau leuchtet der warme Hauch voll über Gesicht, Hals und Brust: ein Gesicht, abgemagert zum Skelett, mit Falten und Runzeln in einer blutlosen Haut, mit versunkenen Augen, die durch Wollstaub, Rauch und Arbeit bei Licht entzündlich geröthet und wässrig sind — einen langen Kropfhals mit Falten und Sehnen, eine eingefallene, mit verschossenen Tüchern und Lappen verpackte Brust. — Ein Theil der rechten Wand, mit Ofen und Ofenbank, Bettstelle und mehreren grell getuschten Heiligenbildern steht auch noch im Licht. — Auf der Dienstange hängen Lumpen zum trocknen, hinter dem Ofen ist altes, werthloses Gerümpel angehäuft. Auf der Ofenbank stehen einige alte Töpfe und Kochgeräthe, Kartoffelschalen sind zum dörren auf Papier gelegt ꝛc. ꝛc. — Von den Balken herab hängen Garnsträhne und Weifen. Körbchen mit Spulen stehen neben den Webstühlen. In der Hinterwand ist eine niedrige Thür ohne Schloß. Ein Bündel Weidenruthen ist daneben an die Wand gelehnt. Mehrere schadhafte Viertelkörbe stehen dabei. — Das Getöse der Webstühle, das rythmische Gewuchte der Lade, davon Erdboden und Wände erschüttert werden, das Schlurren und Schnappen des hin und her geschnellten Schiffchens erfüllen den Raum. Da hinein mischt sich das tiefe, gleichmäßig fortgesetzte Getön der Spulräder, das dem Summen großer Hummeln gleicht.

Mutter Baumert (mit einer kläglichen, erschöpften Stimme, als die Mädchen mit weben innehalten und sich über die Gewebe beugen). Mißt er schunn wieder knippa!?

Emma (die ältere der Mädchen, zweiundzwanzigjährig. Indem sie gerißene Fäden knüpft). An' Art Garn iis aber das au!

Bertha (fünfzehnjährig). Das iis a ju a bißla Zucht miit dar Werfte.

Emma. Wu a ock bleit a ju lange? A iis doch furt schunn seit im a neune.

Mutter Baumert. Nu eben's, eben's! wu mag a ock blein, ihr Madel?

Bertha. Aengst' euch baleibe ni, Mutter!

Mutter Baumert. An' Angst iis das immer!

Emma (fährt fort zu weben).

Bertha. Horr amol, Emma!

Emma. Was iis denn?

Bertha. Mir war doch, 's kam ees.

Emma. 'S werd Anjorge sein, dar de heem kimmt.

Fritz (ein kleiner, barfüßiger, zerlumpter Junge von vier Jahren kommt herein geweint). Mutter miich hingert.

Emma. Wart, Fritzla, wart a wing! Gruß-vater kimmt glei. A brengt Brut miite und Kernla.

Fritz. Miich hingert a sun, Mutterla!

Emma. Ich ja dersch ju. Biis ock ni eefältich. A werd ju glei kumma. A brengt a schii Brutla miite und Kernlakoffee. — Wenn ock werd Feier-obend sein, do nimmt Mutter de getreuchta Aperna-schalen, die trät se zum Pauer, und da gibbt er der-sire a schii Neegla Puttermilch fersch Jungla.

Fritz. Wu iis a'n hii, Grußvater?

Emma. Bein Fabrikanta iis a, abliwern, an Käte, Fritzla.

Fritz. Beim Fabrikanta?

Emma. Ju, ju, Fritzla! bunda bei Dreißichern ei Piterschwaal.

Fritz. Kriecht a do Brut?

Emma. Ju, ju, a gibbt 'n 's Geld, und do kann a siich Brut keefa.

Fritz. Gibbt dar Grußvatern viel Geld?

Emma (heftig). O hiir uf, Junge, miit d'mm Gelabre. (Sie fährt fort zu weben, Bertha ebenfalls. Gleich darauf halten beide wieder inne.)

Bertha. Giß, August, fren' Ansorga, eeb a ni wiil aleuchta.

August (entfernt sich, Fritz mit ihm).

Mutter Baumert (mit überhandnehmender, kindischer Angst, fast winselnd). Ihr Kinder, ihr Kinder! Wu dar Man bleit?!

Bertha. A werd halt amol zu Hauffa neiganga sein.

Mutter Baumert (weint). Wenn a ock nee ernt ei a Kratsch'm ganga wär.

Emma. Flenna Se ock ni, Mutter! a ju enner iis inse Vater doch nee.

Mutter Baumert (von einer Menge auf sie einstürzender Befürchtungen außer sich gebracht). Nu... nu... nu sat amol was sol mi bloßich warn? Wenn a 's nu... wenn a nu heem kimmt... Wenn a 's nu versefft und brengt nischt ni heem? Keen' Hampfels Salz iis meh ein Hause, tee Stickla Gebäcke. 'S mecht an Schaufels Feurung sein....

Bertha. Lußa Si's gutt sein, Mutter! m'r han Mondschein. M'r gihn ei a Pusch. M'r nahma ins Augusta miite und hulln a par Rittla.

Mutter Baumert. Gell, das Euch d'r Jäger und kriecht Euch zu packa!

Ansorge (ein alter Weber mit bühnenhaftem Knochenbau, der sich tief bilden muß, um in's Zimmer zu gelangen, steckt Kopf und Oberkörper durch die Thür. Haupt und Barthaare sind ihm stark verwildert). Was jool denn sein?

Bertha. Se mechta Licht macha!

Ansorge (gedämpft, wie in Gegenwart eines Kranken sprechend). 'Süs ju noch lichte.

Mutter Baumert. Nu luß Du ins au no eim Finstern sitza.

Ansorge. Ich muuß miich halt o eirichta. (Er zieht sich zurück.)

Bertha. Nu do sist's, a su geizich iis a.

Emma. Do muuß ma nu sitza, bis 'n werd passa.

Frau Heinrich (kommt. Eine dreißigjährige Frau, die ein Kind unter'm Herzen trägt. Aus ihrem abgemüdeten Gesicht spricht marternde Sorge und ängstliche Spannung). Gu'n Abend mitnander.

Mutter Baumert. Nu, Heinricha, was brängst' ins denn?

Frau Heinrich (welche hinkt). Ich ha mer an Schorb eigetraata.

Bertha. Nu kumm har, setz diich. Ich war sahn, das ich a raustriche.

(Frau Heinrich setzt sich, Bertha kniet vor ihr nieder und macht sich an ihrer Fußsohle zu schaffen.)

Mutter Baumert. Wie giht's d'n drheeme, Heinricha?

Frau Heinrich (verzweifelter Ausbruch). 'S giht heilich baal nimeh. (Sie kämpft vergebens gegen einen Strom von Thränen. Nun weint sie stumm.)

Mutter Baumert. Fer inser ees, Heinricha, wärsch am besta, d'r liebe Gott thät a Eisahn han und nähm ins gar oo d'r Welt.

Frau Heinrich (ihrer nicht mehr mächtig, schreit weinend heraus). Meine arma Kinder derhungern m'r! (Sie schluchzt und winselt.) Ich wees mr kenn Rat nimeh. Ma maag astalln, was ma wiil, ma maag rimlaufa bis ma licha bleit. Ich biin meh tutt wie lebendig, und iis doch und iis kee anderscher warn. Nenn hungriche Mäuler, die sool ees nu sat macha. Vo was d'u hä? Nächten Obend hatt' iich a Stickla Brut, 's langte no ni amol fer die zwee Klinsta. Wan sulb' ich's d'u gahn, hä? Alle schriiga si ei miich nei: Mutterla mir, Mutterla mir.... Nee, nee! Und doorbeine kan ich itzt no lausa. Was sol irscht warn, wenn iich zum Licha kumme. Die par Aperna hoot ins 's Wasser miitgenumma. Mir han nischt zu brecha und zu beißa.

Bertha (hat die Scherbe entfernt und die Wunde gewaschen). M'r wulln a Fleckla drim binda (zu Emma) sich' amol ees.

Mutter Baumert. 'S giht ins ni besser, Heinricha.

Frau Heinrich. Du hust doch zum wingsta no deine Madel. Du hust an Man, dar de arbeita kan, aber menner dai iis m'r vergangte Wuche wieder hügeschlan. Doo hoot's a doch wieder gerissa und geschmissa, das ich ver Himmelsangst ni wußte, was asanga miid'n. Und wenn a asu an Asoll gehat hoot, do leid a m'r halt wieder acht Tage feste ei'm Bette.

Mutter Baumert. Menner iis au nischt nimeh wart. A fängt au a und klapt zusamma. 'S leid 'n uf d'r Brust und ein Kreuze. Und abgebrannt sei m'r ebenfalls o bis uf a Fennich. Wenn a heut ni und a brängt a par Greschla miite, do wiß ich au ni, was wetter warn sool.

Emma. Kaust's gleba, Heinricha. Mir sein a su weit.... Vater hoot mußt Ami'n miitnahma. Mir missa 'n schlachta loon, das m'r oct reen wieder amol was ei a Maga kricha.

Frau Heinrich. Hätt'r nee an eenzichte Hampfels Mahl ibrich?

Mutter Baumert. O ni a ju viel, Heinricha, kee Kernla Salz is meh ein Hause.

Frau Heinrich. Nu do wees iich nee! (Erhebt sich, bleibt stehen, grübelt.) Do wees ich werklich nee! — Do kan ich m'r eemol ni halfa. (In Wuth und Angst schreiend.) Ich wär ju zufriede, wenn's uf Schweinjutter langte! — Aber miit lara Hända darf ich eemol ni heemkumma. Das giht eemol nee. Do verzeih mersch Goot. Iich wiß mer do eemol kenn andern Roth nimeh. (Sie hinkt, links mit der Ferse nur auftretend, schnell hinaus.)

Mutter Baumert (ruft ihr warnend nach). Heinricha, Heinricha! mach ni ernt an Tummheet.

Bertha. Die thutt sich kee leeds a. Gleeb ock du das ni.

Emma. A ju machts doch die immer. (Sie sitzt wieder am Stuhl und webt einige Sekunden.)

August (leuchtet mit dem brennenden Talglicht seinem Vater, dem alten Baumert, der sich mit einem Garnpack hereinschleppt, voran).

Mutter Baumert. O jees's, o jees's Man, wu bleist ock du a ju lange!?

Der alte Baumert. Na, beeß ock ni glei. Luß miich ock irscht a brinkla verbloosa. Siech lieber dernoch, war de miitkimmt.

Moritz Jäger (kommt gebückt durch die Thür. Ein strammer, mittelgroßer, rothbäckiger Reservist, die Husarenmütze schief auf dem Kopf, ganze Kleider und Schuhe auf dem Leibe, ein saubres Hemd ohne Kragen dazu. Eingetreten nimmt er Stellung und salutirt militärisch. In forschem Ton). Gu'n Obend, Muhme Baumert!

Mutter Baumert. Nu do, nu do! bist du wieder drheeme? Huft du ins no ni vergassa? Nu do setz dich ock. Kumm har, setz diich.

Emma (einen Holzstuhl mit dem Rocke säubernd und Jägern hinschiebend). Gu'n Obend, Moritz! willst amol wieder sahn, wie's bei arma Leuta aussiht?

Jäger. Nu ja m'r ock, Emma! ich wullt's ju ni gleeba. Du huft ju a Jungla, da be baal kann Suldate warn. Wu huft b'r b'n dann ageschafft?

Bertha, (die dem Vater die wenigen mitgebrachten Lebensmittel

abnimmt, Flefch in eine Pfanne legt und in den Ofen schiebt, während August
Feuer anmacht). Du kennst doch a Finger Waber?

Mutter Baumert. M'r hat' an doch hie miit
eim Stibla. A wullt se ju nahma, aber a war doch
halt eemol schumm ganz marode uf de Brust. Ich
ha doch das Mädel gewarnt genung. Kumnd' se wull
hürn? Nu iis ha längst tuut und vergaissa, und die
kan sahn, wie's a Junga durchbrengt. Nu sa m'r
ock, Moritz, wie iis denn dirsch ganga?

Der alte Baumert. Nu biis ock ganz stille
Mutter, fer dan iis Brut gewachsa; dar lacht ins
alle aus; dar brengt Kleeder miite wie a Fersht und
au silberne Cilinderuhre und uba drunf no zahn
Thaler bar Geld.

Jäger (großpraschig hingepflanzt, im Gesicht ein prahlerisches
Schwerenötherlächeln). Ich kan nich klagen. Mir iis's ni
schlecht ganga under a Suldata.

Der alte Baumert. A iis Pursche gewaast bein
Rittmeester. Hür ock, a redt wie de vürnahma Leute.

Jäger. Das feine Sprechen hab' ich mer a so
angewehnt, das iich's gar nimeh lo'on kan.

Mutter Baumert. Nee, nee, nu sa mer ock!
a su a Nischtegutts, wie das gewaast iis, und kimmt
a su zu Gelde. Du warscht doch nie ni fer was
Gescheuts zu gebraucha; du kuntst doch kee Strähnla
hingereinander abhaspeln. Ock immer furt, naus;
Meesekasta ufstelln und Ruthkatlasprenkel, das war
dir lieber. Nu, iiz ne wohr?

Jäger. 'S iis wohr, Muhme Baumert. Ich
fung ni ock Katla, iich fung o Schwalma.

Emma. Do kunda mir immerzu reda: Schwalma
sein giftich.

Jäger. Das war mir egal. Wie iiß euch d'n
d'rganga, Muhme Baumert?

Mutter Baumert. O jee's, gar gar schlimm
ei da letzta vier Johrn. Siehch ock, iich ha halt's

Reißa. Siehch d'r ock amol meine Finger a. Ich wiß halt gar nee, ba iich an Fluuß kriicht aber was? Jich biin d'r halt a su älende! Ich kan d'r kee Glied ni bewäga. 'S gleebts kee Mensch, was iich muuß ser Schmerza derleida.

Der alte Baumert. Miit dar iiß itzt gar schlecht. Die machts nimeh lange.

Bertha. Am Murcha zieh mersche a, am Obend zieh mersche aus. M'r miißa se fittern wie a klee Kind.

Muttert Baumert (fortwährend mit kläglicher, weinerlicher Stimme). Jich muuß miich bediinn loon hinga und vurna. Jich bin meehr als krank. Jich biin ock an Last. Was ha iich schunn a lieba Herrgoot gebaata, a sool miich doch bluhßich abruffa, o Jees's, o Jees's, das iis doch halt zu schlimm miit miir. Jich weeß doch gar nee ... de Leuta kenda denka ... aber iich biin doch 's Ärbta gewehnt vu Kindheet uf. Jich ha doch mein Sache immer kunnt leista, und nu uuf eemool (sie versucht umsonst sich zu erheben) 's giht und giht nimeh. — Jich ha an guuda Man und guude Kinder ha iich, aber wenn iich das sool miit asahn ...! Wie sahn die Mad'l aus!? Kee Blutt han se baal nimeh ei siich. An Farbe han se wie de Leinttücher. Das giht doch immer egal furt miit dan Schämeltrala, eebs a su an Mad'l dient aber ni. Was han die ser a bißla Laba. 'S ganze Johr kumma si ni vum Bänkla runder. Ni amol a par Klunkern han je sich derschunbt, das se siich kenda d'rmiite bedecka und kenda siich amol ver a Leuta sahn loon, aber an Schritt ei di Kerche macha und kenda sich amol an Erquickung hulln. Außsahn ihun se wie de Galgageschlinke, junge Madel vu fuiza und zwanzich).

Bertha (am Ofen). Nu das raucht wieder a su a bißla!

Der alte Baumert. Nu do siehch ock da Rauch. Na do nihm amol a, kan wull hie Wandel warn?

A ſterzt heilich baal ei, d'r Uwa. Mir miſſa'n ſterza loon, und a Room, dann miſſa m'r ſchlucka. Mir huſta alle, enner meh wie d'r andre. Was huſt't, huſt't, und wenn's ins derwercht, und wenn glei die Plauße miitegiht; do freut ins o no kee Menſch dernoch.

Jäger. Das iis doch Anforchas Sache, das muuß a doch ausbeſſern.

Bertha. Dar wär ins wull aſahn. A mukſcht a ſu meh wie genung.

Mutter Baumert. Dann nahma m'r a ſu ſchumm zu viel Platz weg.

Der alte Baumert. Und wemmer irſcht uffmucka, do fliega mer naus. A hoot baal a halb Johr keene Miltzinſe ni bezahn.

Mutter Baumert. A ſu a celitzicher Man, dar kenbe doch imgäglich ſein.

Der alte Baumert. A hoot au niſcht, Mutter, 's gieht 'n o büſe genung, wenn a o ken'n Stat macht mit ſenner Ruth.

Mutter Baumert. A hoot doch ſei Haus.

Der alte Baumert. Nee, Mutter, was redſt'n. A dan Hauſe dohie, do iis o no ni a klee Splitterla ſeine.

Jäger (hat ſich geſetzt und eine kurze Pfeife mit ſchönen Quaſten aus der einen, eine Quartflaſche Branntwein aus der andern Rocktaſche geholt). Das kan au hie baal nimeh a ſu wetter gihn. Ich ha mei Wunder geſahn, wie das hierim a ſu ausſitt under a Leuta. Do laba ju ei a Ståta de Hunde no beſſer wie ihr.

Der alte Baumert (eifrig). Gell, gell vet? Du wißt's au!? Und ſat ma a Woort, do heeßt's bluzich, 's ſein ſchlechta Zeita.

Anſorge (kommt, ein irdenes Näpfchen mit Suppe in der einen, in der anderen Hand einen halbfertig geflochtenen „Viertelkorb"). Willkommen, Moritz! Bis du au wieder do?

Jäger. Schiin Dank, Vater Anſorge.

Ansorge (sein Näpfchen in's Röhr schiebend). Nu ja m'r ock a: du sist ju baal aus wie a Growe.

Der alte Baumert. Zeich amol bei schü Irhla. A hoot an neua Azug müte gebrucht und zahn Thaler bar Geld.

Ansorge (kopfschüttelnd). Nu juju! — Nee nee! —

Emma (die Kartoffelschalen in ein Säckchen füllend). Nu wiil iich ock gihn müt a Schal'n. Verlecht werd's langa uuf a Neegla Abgeloone. (Sie entfernt sich.)

Jäger (während alle mit Spannung und Hingebung auf ihn achten). Na nu nahmt amol a: wie uft hat ihr m'r ni de Helle heeß gemacht. Dir warn se Moritz lihrn, hiß's immer, wart ock, wenn de werscht zum Miltär kumma. Na nu satt' ersch, mir iis gar gutt ganga. A halb Johr do hat iich die Kneppe. Willich muuß ma sein, das is 's Haupt. Jich ha 'n Wachtmeester de Stieweln geputzt; ich ha 'n 's Farb gestriegelt, Bier gehullt. Jich war a su geserre, wie a Wieslicha. Und uuf 'n Pusten war iich: Schwerkanon ju, mei Zeug, das mußt ock immer a su finkeln. Jich war d'r erschte eim Stalle, d'r erschte beim Appell, d'r erschte eim Sattel; und wenn's zur Attake ging — marsch marsch! heiliges Kanonrihr, Kreuzdummerschlag, Herrrdumeine= gitte!! Und uufgepaßt ha iich, wie a Schißhund. Jich ducht' halt immer: hie hilft's nischt, hie mußt de dra gleeba; und da rafft ich m'r halt a Kupp zusamma, und do ging's o; und do kam's a su weit, das d'r Rittmeester und sate ver d'r ganza Schwadron iber miich: Das iis ein Husar, wie a sein muuß. (Stille. Er setzt die Pfeife in Brand.)

Ansorge (kopfschüttelnd). Do hußt du a su a Glicke gehat?! Nu juju! — nu neenee! (Er setzt sich auf den Boden, die Weldenruthen neben sich und flickt, ihn zwischen den Beinen haltend, an seinem Korbe weiter.)

Der alte Baumert. Do wulln m'r hussa, das de ins bei Glicke müttebrengst. — Nu sull mer wull amol müte trinka?

Jäger. Nu ganz natürlich, Vater Baumert, und wenn's alle iis, kommt meh. (Er schlägt ein Geldstück auf den Tisch.)

Ansorge (mit blödem, grinsendem Erstaunen). O mei, mei, das giht ju hie zu... do kreescht a Brota, do stüht a Quart Brantwein, (er trinkt aus der Flasche) sullst laba, Moritz! — Juju! un neenee! (Von jetzt an wandert die Schnapsflasche.)

Der alte Baumert. Kenda m'r ni zum wingsta zu alla heilicha Zecta a su a Stickla Gebrootnes han, stat's das ma kee Fleesch zu sahn kriicht iber Johr und Tag? — A su muß ma warta, bis een wieder amol a su a Hundla zuleest, wie das hichte ver vier Wucha: und das kimmt ni usle viir eim Laba.

Ansorge. Hußt Du Ami'n schlachta loon?

Der alte Baumert. Eeb a m'r vunt o no derhingern that...

Ansorge. Nu juju, — nu neenee.

Mutter Baumert. Und war a su a nette, bethulich Hundla.

Jäger. Seit ihr hierim immer no a su happich uuf Hundebroota.

Der alte Baumert. O Jes's, Jes's, wenn m'r ock und hätta 'n genung

Mutter Baumert. Nu do do, a su a Stickla Fleesch iis gar rathlich.

Der alte Baumert. Hust' Du ken'n Geschmak nimeh uuf su was? Nu do blei ock bei ins hie, Moritz, do werd' a siich baal wieder eisinda.

Ansorge (schnüffelnd). Nu juju, — nu neenee, das iis o no an' Guttschmecke — das macht gar a liblich Gerichla.

Der alte Baumert (schnüffelnd). D'r reene Zimmt, mecht ma sprecha.

Ansorge. Nu ja ins amol deine Meenung, Moritz. Du wißt' doch, wie's ei d'r Welt daussa zugiht. Werd das nu hie amol anderscher warn miit ins Wabern, aber wie?

Jäger. Ma felbs werklich huffa.

Anforge. Mir kinn d'r ni laba und ni starba hie duba. Ins gibt's loda biife, kanft's gleeba. Enner wehrt fiich biis uf's Blutt. Uuf de letzte muuß ma fiich drei gaa'n. De Nuth frißt en 's Daach iberm Kuppe und a Boda under a Fiffa. Friher, do ma noch am Stuhle arbta kunde, do hoot ma fiich hall= wegens miit Kummer und Nuth doch tund a ju durch= fchlan. Hinte kan ich m'r fchun'n iber Johr und Taag kee Stickla Arbeit mehr derobern. Miit dar Korbflechterei iis au ock, das ma fei bißla Laba a ju hiefrifta tutt. Jich flechte biis ei de Nacht nei, und wenn ich ei's Bette falle, do ha iich an Bima und fechs Fenniche derfchindt. Du huft doch Bildung, nu do fa amol falber. Kan do wull a Auskumma fein bei dar Theurung. Drei Thaler muuß ich hü= fchmeißa uuf Haussteuer, enn Thaler uuf Grund= abgaba. Drei Thaler uuf Hauszinfe, verja Thaler kan ich Verdinnft recha, blein fer müch fieba Thaler uuf's ganze Johr. Do dervone fool na fiich nu befocha, beheeza, bekleeda, befchuhn, ma fol fich beftricka und beflicka, a Quartier muß ma han und was do no alls kimmt. — Js's do a Wunder, wenn ma be Zinfe ni zahln kan.

Der alte Baumert. 'S mißt amol enner hüigühn na Berlin, und mißt's 'n Keeniche vürftalln, wie's ins a fu giht.

Jäger. O ni a fu viel nitzt das, Vater Baumert. 'S fein er fchunn genung ei a Zeitunga druf zu fprecha kumma. Aber die Reicha, die drehn und die wenda an Sache a fu... die iberteifeln a befta Chrifta.

Der alte Baumert (kopffchüttelnd). Das fe ei Berlin dann Pli ni han!

Anforge. Sa Du amol, Moritz, kan das wull meglich? Js do gar kee Gefetze d'rfüre? Wenn ee's nu und schindt siich's Vast vo a Hända und kan doch seine Zinse ni uufbrenga; kan m'r d'r Pauer mei Häusla do wegnahma? 'Süs halt a Pauer, dar wül sei Geld han. Nu wiß iich gar nee, was de no warn sol? — Wenn iich halt und iich muuß aus dam Häusla nausgihn.... (Durch Thränen hervor würgend.) Hie bün iich gebor'n, hie hoot mei Vater am Wab=stuhle gesassa, meh wie verzich Johr. Wie uft hoot a zu Muttern gesat: Mutter, wenn's miit mir amol a Ende nimmt, das Häusla haal feste. Das Häusla ha iich derrobert meent a iber'sche. Hie iis jeder Nal an durchwachte Nacht, a jeder Balka a Johr treuge Brut. Do meßt ma doch denka...

Jäger. Die nahma een's Letzte, die sein's cumpabel.

Ansorge. Nu, ju, ju! — nu, nee, nee! kimmt's aber a su weit, do wär mirsch schunn lieber, se triga mich naus, stats das iich uuf meine ala Tage no naus laufe meßte. Das bißla starba do! Mei Vater starb o gerne genung. — Ock ganz in de Letzte, do wulld'n a wing Angst warn. Wie iich aber zu'n eis Bette kruch, do wurd a o wieder stille. — Wenn ma's a su bedenkt: Dozemal war iich a Jungla vo dreiza Johrn. Müde war iich, und do schlief iich halt ei, bei dam kranka Mane, — iich verstand's do ni besser — und do iich halt uufwachte war a schunn kaald.

Mutter Baumert (nach einer Pause). Greif amol ei's Nihr, Berthla, und reech Ansorga de Suppe.

Bertha. Dohie aßt, Vater Ansorge!

Ansorge (unter Thränen essend). Nu nee, nee — — nu juju!

Der alte Baumert (hat angefangen das Fleisch aus der Pfanne zu essen).

Mutter Baumert. Nu Vater, Vater, du werscht dich doch gedulda kinn'n. Luß ock Berthlan vor richtich viirscherrn.

Der alte Baumert (kauend). Ver zwee Johren war iich's letztemol zum Omtmole. Glei derno verteeft iich a Gootstiischruuk. Do dervone keeft a m'r a Stickla Schweinernes. Seit dan do ha iich kee Fleesch nimeh gassa bis hint Obend.

Jäger. Mir braucha o irscht kee Fleesch, ver ins assa's de Fabrikanta. Die wata eim Fette rim bis hie har. War das ni gleebt, dar brauch ock nunder gihn uf Bielau und uf Piterschwaal. Do kan ma sei Wunder sahn: immer e Fabrikantaschluß hingern andern. Immer e Palast hingern andern. Müt Spiegelscheiba und Thermlan und eisna Zäuna. Nee, nee, do spürt kenner nischt vo schlechta Zeita. Do langt's uf Gebrootnes und Gebacknes, uf Eklipaascha und Kutscha, uuf Guwernanta und war wceß was. Die sticht d'r Haber a su sihr! die wissa gar nee, was de schnell astalln ver Reechthum und Ibermutt.

Ansorge. Ei a aala Zeita do war das ganz a ander Ding. Do lissa de Fabrikanta a Waber miitlaba. Hinte do brenga se alls alleene durch. Das kimmt aber dohar sprech iich: d'r hohe Stand gleebt nimeh a kenn Herrgoott und kenn Teiwel o ni. Do wissa se nischt vu Gebota und Stroosa. Do stahln se ins hal a letzta Bissa Brut und schwächa und undergroba ins das bißla Nahrung, wu se kinn'n. Bu da Leuta kimmt's ganze Unglicke. Wenn inse Fabrikanta und wärn gude Menscha, do wärn au fer ins keene schlechta Zeita sein.

Jäger. Do paßt amol uuf, do war ich euch amol was schiines viirlasa. (Er zieht einige Papierblättchen aus der Tasche.) Kumm, August, renn ei de Schelzerei und hull noch a Quart. Nu August, Du lachst ju ei en' Bicha furt.

Mutter Baumert. Ich wiß ne, was mit dan Junga iis, dann gibt's immer gutt. Dar lacht sich de Hucke vuul, mag's kumma wie's wiill. Na, jeeder, jeeder! (August ab mit der leeren Schnapsflasche.) Gell ock Aler, du wißt, was gutt schmackt?

Der alte Baumert (kauend, vom Essen und Trinken muthig erregt). Moritz, du bist inse Man. Du kanst lasa und schreiba. Du wißt's, wie's im de Waberei bestellt iis Du hust a Herze fer de arme Waberbevelkerung. Du sellst inse Sache amol ei de Hand nahma dohie.

Jäger. Wenn's mehr ni iis. Das sellbe mir ni bruf akumma; dohie! da aala Fabrikantarcudeln, dan weld ich viel zu gerne amol a Liedla uufspiel'n. Ich thät m'r nischt draus macha. Ich bin a imgänglicher Kerl, aber, wenn iich amol falsch war und ich krich's mit der Wutt, do nahm ich Dreißichern ei de eene, Dittricha, ei de andre Hand und schla je miit a Keppa anander, das n's Feuer aus a Auga springt.— Wenn mir und mer kenda's uufbreeta, das m'r zusamma hilda, do kennt m'r a Fabrikanta amol an suchta Krach mecha.... Do braucht m'r kenn Keenich derzune und keene Regierung, do kenda n'r eefach san: mir wulln das und das, und a su und a su ni, und do wärsch bald aus en'n ganz andern Luche feisa dohie. Wenn die ock sahn, das ma Kriin hoot, do zieh'n se baal Leine. Die Battbrider kenn' ich! das sein gar seige Luder.

Mutter Baumert. 'S iis werklich baal wohr. Jich biin gewiß ni schlecht. Jich biin gewiß immer diejenichte gewast, die gesat hoot, die reicha Leuta missa au sein. Aber wenn's a su kimmt....

Jäger. Ver mir kende d'r Teiwel alle hulln, dar Nasse verguunt iich's.

Bertha. Wu iis denn Vater? (Der alte Baumert hat sich stillschweigend entfernt.)

Mutter Baumert. Jch wiß nee, wu a mag hiesein.

Bertha. Jis ernt, das a das Fleescherne nimeh gewehnt iis?!

Mutter Baumert (außer sich, weinend). Nu do satt' ersch, nu do satt' ersch! Do bleit's 'u no ni amol. Do werd a das ganza bißla schünes Assa wieder vo sich gahn.

Der alte Baumert (kommt wieder, weinend vor Ingrimm). Nee, nee! miit mir iis baal gar alle. Müch han je baal a su weit! Hoot ma siich amol was guudes bergattert, do kan ma's ni amol meh bei siich behaln. (Er sitzt weinend nieder auf die Ofenbank.)

Jäger (in plötzlicher Aufwallung, fanatisch). Und do derbeine gibt's Leute, Gerichtsschulza, garnie weit vu hie, Schmärwampa, die de's ganze Johr nischt wetter zu thun han, wie ins 'n Herrgoot eim Himmel a Tag abstahln. Die wulln behaupta, de Waber kenda gutt und gerne austumma, je wärn bloßich zu faul.

Ansorge. Das sein gar keene Mensche. Das sein Unmensche, sein das.

Jäger. Nu luß ock gutt sein, a hoot sei Fett. Jich und d'r ruthe Becker mir han's 'n eigetränkt und bevor m'r abzuga zu guter letzte, sanga m'r no's Bluttgerichte.

Ansorge. O Jees's, Jees's, is das das Lied?

Jäger. Ju, ju, hie ha iich's.

Ansorge. 'S heeßt do glee 's Dreißicher Lied aber wie.

Jäger. Jich war sch amol viirlasa.

Mutter Baumert. War hoot denn das Lied derfunda?

Jäger. Das wiß kee Mensch ni. Nu hirt amol druuf. (Er liest, schülerhaft buchstabirend, schlecht betonend aber mit unverkennbar starkem Gefühl. Alles klingt heraus: Verzweiflung, Schmerz, Wuth, Haß, Rachedurst.)

Hier im Ort ist ein Gericht
Noch schlimmer als die Vehmen,
Wo man nicht erst ein Urtheil spricht,
Das Leben schnell zu nehmen.

Hier wird der Mensch langsam gequält,
Hier ist die Folterkammer,
Hier werden Seufzer viel gezählt
Als Zeugen von dem Jammer.

Der alte Baumert (hat, von den Worten des Liedes gepackt und im Tiefsten aufgerüttelt, mehrmals nur mühsam der Versuchung widerstanden, Jäger zu unterbrechen. Nun geht alles mit ihm durch: stammelnd, unter Lachen und Weinen zu seiner Frau). Hier ist die Folterkammer. Dar das geschrieba, Mutter, dar sat die Warheet. Das kaust Du bezeuga ... wie heeßt's? Hier werden Seufzer ... wie? ... hie wärn se viel gezahlt ...

Jäger. Als Zeugen von dem Jammer.

Der alte Baumert. Du wißt's, was mir a su seufza enn Tag im a andern, eeb m'r stihn aber liega.

Jäger, (während Ansorge, ohne weiter zu arbeiten, in tiefer Erschütterung zusammengesunken dasitzt, Mutter Baumert und Bertha fortwährend die Augen wischen, fährt fort zu lesen).

Die Herr'n Dreißiger die Henker sind,
Die Diener ihre Schergen,
Davon ein Jeder tapfer schindt,
Anstatt was zu verbergen.
Ihr Schurken all, ihr Satansbrut,

Der alte Baumert (mit zitternder Wuth den Boden stampfend) Ja, Satansbrut!!!

Jäger (liest).
Ihr höllischen Dämone,
Ihr freßt der Armen Hab und Gut,
Und Fluch wird euch zum Lohne.

Ansorge. Nu, juju, das is au an Fluch warth.

Der alte Baumert, (die Faust ballend, drohend). Ihr freßt der Armen Hab und Gut.

Jäger (liest).
Hier hilft kein Bitten und kein Fleh'n,
Umsonst ist alles klagen.
„Gefällt's euch nicht, so könnt ihr gehn
Am Hungertuche nagen."

Der alte Baumert. Wie stiht's? Umsußte ist alles klagen? Jedes Woort … jedes Woort … do iis alls a su richtig, wie ei d'r Bibel. Hie hilft kee Bitten und kee Fleh'n.

Ansorge. Nu, juju! nu, neenee! do thutt schunn nischt halfa.

Jäger (liest).
Nun denke man sich diese Noth
Und Elend dieser Armen,
Zu Haus oft keinen Bissen Brod,
Ist das nicht zum Erbarmen!

Erbarmen, ha! ein schön' Gefühl,
Euch Kannibalen fremde,
Ein jedes kennt schon euer Ziel,
'S ist der Armen Haut und Hemde.

Der alte Baumert (springt auf, hingerissen zu bellkanter Raserei). Haut und Hemde. Alls richtich, 's is der Armuth Haut und Hemde. Hier stih iich, Robert Baumert, Wabermeister vu Kaschbach. War kan viirtrata und san. … Iich bin ein praver Mensch gewast mei Lebe lang, und nu satt miich a! Was ha iich droo? Wie sah iich aus? Was han se aus mir gemacht? Hier werd der Mensch langsam gequält. (Er reckt seine Arme hin.) Dohie, greift amol a, Haut und Knucha. Ihr Schurken all, ihr Satansbrut!! (Er bricht weinend vor verzweifelten Ingrimm auf einen Stuhl zusammen.)

Ansorge (schleudert den Korb in die Ecke, erhebt sich, am ganzen Leibe zitternd vor Wuth, stammelt hervor). Und das muuß anderscher warn, sprech iich, itzt uuf der Stelle. Mir leida's nimeeh! Mir leida's nimeeh, mag's kumma, wie's wiil.

Ende des zweiten Aktes.

Dritter Akt.

Personen des dritten Aktes.

Bäcker.
Moritz Jäger.
Der alte Baumert.
Der alte Ansorge.
Welzel, Gastwirt.
Frau Welzel, seine Frau.
Anna Welzel, seine Tochter.
Ein Reisender.
Wiegand, Tischler.
Hornig, Lumpensammler.
Ein Bauer.
Ein Förster.
Wittich, Schmied.
Kutsche, Gensdarm.
Eine Anzahl alter und junger Weber.

Die Schenkstube im Mittelkretscham zu Peterswaldau, ein großer Raum, dessen Balkendecke durch einen hölzernen Mittelpfeiler, um den ein Tisch läuft, gestützt ist. Rechts von dem Pfeiler, so daß der Pfosten nur verdeckt wird, liegt die Eingangsthür in der Hinterwand. Man sieht durch sie in den großen Hausraum, der Fässer und Brauergeräth enthält. Im Innern, rechts von der Thür in der Ecke, befindet sich das Schenksims: eine hölzerne Scheidewand von Mannshöhe mit Fächern für Schankutensilien, dahinter ein Wandschrank, enthaltend Reihen von Schnapsflaschen, zwischen Scheidewand und Likörschrank ein kleiner Platz für den Schenkwirth. Vor dem Schenksims steht ein mit bunter Decke gezierter Tisch. Eine hübsche Lampe hängt darüber, mehrere Rohrstühle stehen darum. Unweit davon an der rechten Wand führt eine Thür mit der Aufschrift „Weinstube" ins Honoratiorenstübchen. Noch weiter vorn rechts tickt die alte Standuhr. Links von der Eingangsthür, an der Hinterwand steht ein Tisch mit Flaschen und Gläsern und weiterhin in der Ecke der große Kachelofen. Die linke Seitenwand hat drei kleine Fenster, darunter hinlaufend eine Bank, davor je einen großen hölzernen Tisch, die schmale Seite der Wand zugekehrt. An den Breitseiten der Tische stehen Bänke mit Lehnen, an den inneren Schmalseiten je ein einzelner Holzstuhl. Das große Lokal ist blau getüncht, mit Plakaten, bunten Bilderbogen und Oeldrucken behangen, darunter das Portrait Friedrich Wilhelms IV.

Scholz Welzel, ein gutmütiges Koloß von über 50 Jahren, läßt hinter dem Schenksims Bier aus einem Fasse in ein Glas laufen.

Frau Welzel plättet am Ofen. Sie ist eine stattliche, sauber gekleidete Frau von noch nicht 35 Jahren).

Anna Welzel, eine 17jährige, hübsche Person mit prachtvollen, rothblonden Haaren sitzt propper gekleidet und mit einer Stickarbeit beschäftigt hinter dem gedeckten Tisch. Einen Augenblick blickt sie von der Arbeit auf und lauscht, denn aus der Ferne kommen Töne eines von Schulkindern gesungenen Grabchorals.

Meister Wiegand, der Tischler, sitzt an dem gleichen Tisch in seiner Arbeitstracht hinter einem Glase bairischen Bieres. Er ist ein Mann, dem man anmerkt, er weiß, worauf es in der Welt ankommt, wenn man ein Ziel erreichen will, nämlich auf Pfiffigkeit, Schnelligkeit und rücksichtsloses Fortschreiten.

Ein Reisender am Säulentisch kaut mit Eifer an einem deutschen Beafsteak. Er ist mittelgroß, wohlgenährt, wohlaufgeschwemmt, aufgelegt zur Heiterkeit, lebhaft und frech. Er trägt sich modern, seine Reiseeffekten, Tasche, Musterkoffer, Schirm, Ueberzieher und Plüschdecke liegen neben ihm auf Stühlen.

Welzel, (dem Reisenden ein Glas Bier zutragend, seitwärts zu Wiegand). 'S iis ju heute d'r Teifel luus ei dam Pieterschwaal.

Wiegand (mit einer scharfen trompetenden Stimme). Nu 's is halt doch Liewertag bei Dreißichern duba.

Frau Welzel. 'S ging aber doch sonste ni a ju lebhaft zu.

Wiegand. Nu 's kende vielleicht sein, 's wär wegen da Zweehundert neua Wabern, die a wiil no anahma jißte.

Frau Welzel, (immer plättend). Ju, ju, das werd's sein. Wiil a zweehundert, do wern er wull sechshundert kumma sein. M'r han 'r ju genuug vo dar Sorte.

Wiegand. O jess', jess', die langa zu. Und wenn's a au schlecht giht, die starba ni aus. Die setza meh Kinder ei de Welt, wie mer gebraucha kinn. (Der Choral wird einen Augenblick stärker hörbar.) Nu kimmt au no das Begräbniß d'rzune. D'r Nentwich Waber is doch gesturba.

Welzel. Dar hoot lange genuug gemacht. Dar lief doch schunn iber Johr und Tag ock blußich rim wie a Gespenste.

Wiegand. Kannst's gleeba, Welzel, a su a klee numpern Särjln, a su a rasnich klee, winzich Dingla, das ha iich doch no kee mol ni zusammngeleimt. Das war d'r a Leichla, das wuug no ni neunzig Fund.

Der Reisende, (kauend). Ich verstehe blos nich... wo man hinblickt, in irgend 'ne Zeitung, da liest man die schauerlichsten Geschichten von der Webernot, da kriegt man einen Begriff von der Sache, als wenn hier die Leute alle schon dreiviertel verhungert wären. Und wenn man dann so'n Begräbniß sieht. Ich kam grade im Dorfe rein. Blechmusik, Schullehrer, Schulkinder, der Pastor und ein Zopp Menschen hinterdrein, Herrgott, als wenn der Kaiser von China begraben würde. Ja, wenn die Leute das noch bezahlen können...! (Er trinkt Bier. Nachdem er das Glas wieder hingestellt, plötzlich mit frivoler Leichtigkeit.) Nich wahr, Fräulein? Hab' ich nich Recht?

Anna (lächelt verlegen und stickt eifrig weiter).

Der Reisende. Gewiß 'n Paar Morgenschuhe für 'n Herrn Papa.

Welzel. O iich mag sunne Dinger irscht ne a a Fuß ziehn.

Der Reisende. Na, hör'n Sie mal an! Mein halbes Vermögen gäb' ich, wenn die Pantoffeln für mich wär'n.

Frau Welzel. Fer sowas, da hat er eenal kee Verständniß nich.

Wiegand, (nachdem er mehrmals gehüstelt, mit dem Stuhle gerückt und einen Anlauf zum Reden genommen hat). Der Herr haben sich iber das Begräbnis wunderlich ausgedrückt. Nu sagen's amal, junge Frau, das is doch 'n kleines Leichenbegängnis?

Der Reisende. Ja, da frag ich nich aber... Das muß doch barbarisch Geld kosten. Wo kriegen die Leute das Geld nu her?

Wiegand. Se werden ergebenst entschuldigen,

mein Herr, das is so'ne Unverständlichkeit unter der hiesigen armen Bevölkerungsklasse. Mit Erlaubnis zu sagen, die machen sich so'ne ibertriebliche Vor= stellichkeit von wegen der schuldigen Ehrfurcht und pflichtmäßigen Schuldigkeit gegen selig entschlafene Hinterbliebene. Wenn das und sind gar verstorbene Eltern, da is das nu so ein Aberglaube, da wird von den nächsten Nachkommen und Erblassern das letzte zusammengekratzt, und was die Kinder nich auf= treiben, das wird von dem nächsten Magnaten ge= borgt. Und da kommen die Schulden bis iber die Ohren; Hochwürden der Pastor wird verschuldet, der Küster und was da alles fer Leute herumstehen. Und das Getränk und das Essen und dergleichen Notdurft. Nee, nee, ich lobe mir respective Kindlich= keit, aber nich, daß die Leidtragenden ihr ganzes Leben unter Verpflichtungen davor gedrückt werden.

Der Reisende. Erlauben Sie mal, das müßte doch der Paster den Leuten ausreden.

Wiegand. Se werden ergebenst entschuldigen, mein Herr, ich muß hier befürworten, daß jede kleine Gemeinde ihr kirchliches Gotteshaus hat und ihren Seelenhirten Hochwürden erhalten muß. An so'nem großen Begräbnisfest, da hat die hohe Geistlichkeit ihre scheene Jibervorteilung. Desto zahlreicher so eine Grablegung gehandhabt wird, je imfänglicher auch die Offertorien fließen. Wer die hiesigen arbeitenden Verhältnisse kennt, der kann mit unmaßgeblicher Be= stimmtheit behaupten, die Herren Farrer dulden bloß widerstreblich die stillen Begräbnisse.

Hornig (kommt, kleiner, obeiniger Alter, ein Ziehband um Schulter und Brust. Er ist Lumpensammler). Schiin gun Tag o. An eesache mecht ich bitten. Na, junge Frau, han je was Lumpiges? Jungfer Anna! Schiene Zoopbändla, Hemdbändla, Strumpbändla ha ich ein Waanla, schiene Stecknulda, Haarnulda, Häkla und Esla. Alls ga ich fer a par Lumpa. (In verändertem Tone.) Bo da Lumpa do werd a schie weiß Papierla gemacht, und do schreibt der liebe Schatz a hibsch Briewla druf.

Anna. O, iich bedank miich, iich mag ken'n Schatz.

Frau Welzel, (einen Bolzen einlegend). A so is das Mädel. Vom Heirathen will se nischt wissen.

Der Reisende. (springt auf, scheinbar freudig überrascht, tritt an den gedeckten Tisch und streckt Anna die Hand hinüber). Das is gescheidt, Fräulein, machen Sie's wie ich. Topp! Geben Sie mir den Patsch! Wir beide bleiben ledig.

Anna, (puterroth, giebt ihm die Hand). Nu Sie sein doch schon verheirathet?!

Der Reisende. I Gott bewahre, ich thu bloß so. Sie denken wohl, weil ich den Ring trage?! Ach den habe ich bloß an den Finger gesteckt um meine bestrickende Persönlichkeit vor unlauteren Angriffen zu schützen. Vor Ihnen fürchte ich mich nicht. (Er steckt den Ring in die Tasche.) — Sagen Sie mal im Ernst, Fräulein, wollen Sie sich niemals och nur so'n ganz kleenes bissel verheirathen?

Anna, (kopfschüttelnd). O wärsch doch!

Frau Welzel. Sie bleibt Ihn ledich oder'sch muß was sihr Rares sein.

Der Reisende. Nu warum och nich? 'N reicher schlesischer Magnat hat die Kammerjungfer seiner Mutter geheirathet, und der reiche Fabrikant Dreißiger hat ja auch 'ne Scholzentochter genommen. Die is nich halb so hibsch wie Sie, Fräulein, und fährt jetzt fein in Equipage mit Livréediener. Warum d'n nich? (Er geht umher sich dehnend und die Beine vertretend.) Eine Tasse Kaffee wer' ich trinken.

Ansorge und der alte Baumert kommen, jeder mit einem Pack. und setzen sich still und demütig zu Hornig an den vordersten Tisch links.

Welzel. Willkommen! Vater Ansorge, sitt man Dich wider amal.

Hornig. Kimmſt Du o no amol aus Den'n verräucherta Geniſte gekrucha?

Anſorge, (unbeholfen und ſchtlich verlegen). Ich ha m'r wieder amol ann Werſte gehullt.

Baumert. A wiil fer zahn Bihma arbta.

Anſorge. Ich hätt's ni gemacht, aber miit bar Korbflechterei hoot's au a Ende genumma.

Wiegand. 's iis immer beſſer wie niſcht. A tutt's ju ock, daß d'r an Beſchäftigung hat. Ich biin ſihr gutt bekannt mit Dreißigern. Ver acht Taga nahm ich 'n be Duppelfanſter raus. Do redta m'r drüber. A tutt's blußig aus Barmherzigkeet.

Anſorge. Nu ju, ju — nu nee, nee.

Welzel (ben Webern je einen Schnaps vorſetzend). Hie werd ſein. Nu ſa amol, Anſorge. Wie lange huſt Du Dich ni meeh raſirn loon? — Dar Herr mechts gerne wiſſa.

Der Reiſende (ruft herüber). Ach, Herr Wirt, das hab' ich doch nich geſagt. Der Herr Webermeiſter iſt mir nur aufgefallen durch ſein ehrwürdiges Aus=ſehen. Solche Hühnengeſtalten bekommt man nicht oft zu ſehn.

Anſorge (krault ſich verlegen den Kopf). Nu ju, ju — nu nee, nee.

Der Reiſende. Solche urkräftige Naturmenſchen ſind heutzutage ſehr ſelten. Wir ſind von der Kultur ſo beleckt.... aber ich hab' noch Freude an der Urwüchſigkeit. Buſchige Augenbrauen! So'n wilder Bart....

Hornig. Nu ſahn's ock, werler Herr, iich war hn amol was ſan: bei da Leuta do langt's halt ni uf a Balbier, und a Raſiermaſſer kinn ſe ſich ſchunn lange ni derſchwinga. Was wächſt, wächſt. Uf a äußern Menſcha kinn die niſcht ni verwenda.

Der Reiſende. Aber ich bitte Sie, lieber Mann, wo wer' ich denn.... (Leiſe zum Wirt.) Darf man dem Haarmenſchen 'n Glas Bier anbieten?

Welzel. J baleibe, dar nimmt nischt. Dar hoot gar kom'sche Mucka.

Der Reisende. Na, dann nich. Erlauben Sie, Fräulein? (Er nimmt an dem gedeckten Tische Platz.) Ich kann Sie versichern, Ihr Haar sticht mir schon, seit ich rein kam, derart in die Augen, dieser matte Glanz, diese Weichheit, diese Fülle! (Er küßt gleichsam entzückt seine Fingerspitzen.) Und diese Farbe.... wie reifer Weizen. Wenn Sie mit dem Haar nach Berlin kommen, Sie machen Furore. Parole d'honneur, mit dem Haar könnten Sie an den Hof gehen.... (Zurückgelehnt das Haar betrachtend.) Prachtvoll, einfach prachtvoll.

Wiegand. Derwegen hat se ja auch eine scheene Benennung erfahren.

Der Reisende. Wie heißt sie denn da?

Anna (lacht immerfort in sich hinein). O. Hiirn Se ni druuf!

Hornig. Das is doch d'r Fuchs, ni wahr?

Welzel. Nu hiirt aber uf! Macht m'r das Madel ni no vumb gar verdreht! Se hon 'r schunt Raupa genung ei a Kupp gesetzt. Hinte wiill se an Growa, murne sool's schun a Fersch sein.

Frau Welzel. Mach Du das Madel ni schlecht, Man! Das iis kee Verbrechen, wenn d'r Mensch wiill vorwärts kumma. A su wie Du freilich denkst, a su genka ni alle. Das wär au ni gutt, do käm Kenner vom Flecke, dablieb a se alle sitza. Wenn Dreißi= ders Großvater a su hätte geducht, do wär a wull sein a armer Waber gebliebeen. Ißt sein se steenreech. D'r ale Tromtra war o ni meh wie a armer Waber, nu hot a zwelf Rittergitter und is uba druf adlich geworn.

Wiegand. Alls, was de Recht iis, Welzel. Ei dar Sache do is Deine Fran uf'm rechtlichen Wege. Das kann ich underfertigen. Hätt ich a su wie Du gebucht, wu wern ock ißt meine sieba Geselln?

Hornig. Du mißt druf zu laufa, daß muuß Dir dr Neid loon. Wenn d'r Waber no uf zwee Ben'n rimleeft, do machst Du'n schunn a Sarg fertich.

Wiegand. War de wiil miitkumma, muß süch derzune haln.

Hornig. Ju, ju, Du hälst Dich o noch derzune. Du wißt besser wie a Dukter, wenn d'r Tud im a Waberkindla kiumt.

Wiegand (kaum noch lächelnd, plötzlich wüthend). Und Du wißt's besser wie de Pullzei, wu de Nipper sitza under a Wabern, und die de sich jede Wuche a hibsch Neegla Spul'n ibrig macha. Du kimmst na Lumpa und nimmst o a Feisla Schmußgarn, wenn's druuf akimmt.

Hornig. Und Dei Weeße blüht uf'm Kerchhowe. Je mehr das de uf de Hubelspähne schlofa gihn, im desto besser fer Diich. Wenn Du die viela Kindergrabla asiehst, do kloppst Du dr uf a Bauch und sahst: 'S war heuer wieder a gudes Jahr; die klenn Kreppe sein wieder gefalln, wie de Maikawer vo a Beema. Do kan' ich m'r wieder a Quart zulän de Wuche.

Wiegand. Derwegen, do wär iich no lange kee Hehler.

Hornig. Du machst hichstens amol an reicha Purchafabrikanta an tuppelte Rechnung, aber hulst a Paar iibrige Bratla vu Dreißijersch Bau, wenn d'r Mond amol grade ni scheina thut.

Wiegand (ihm den Rücken wendend). O, räbb' Du mit wann De willst, ock mit mir ni. (Plötzlich wieder.) Liichahornich!!

Hornig. Tuta=Tischler!

Wiegand (zu den Anwesenden). A kan's Viehch behexen.

Hornig. Sich Dich vier, ja ich d'r blossich juster mach ich amol mei Zeechen. (Wiegand wird bleich.)

Frau Wetzel (war hinausgegangen und setzt nun dem Reisenden Kaffee vor). Soll ich Ihn'n a Kaffee lieber in's Stiebel tragen?

Der Reisende. J, was denken Sie! (Mit einem schmachtenden Blick auf Anna.) Hier will ich sitzen, bis ich sterbe.

Ein junger Förster und ein Bauer (der Letztere mit einer Peitsche kommen, Beide) Gu'n Mittag! (Sie bleiben am Schenktisma stehen.)

Der Bauer. Zwee Ingwer mechta mir han.

Welzel. Willkommen mit n'ander! (Er gießt das Verlangte ein; die Beiden ergreifen die Gläschen, stoßen damit an, trinken davon und stellen sie auf das Schenktisma.)

Der Reisende. Nun, Herr Förster, tüchtigen Marsch gemacht?

Der Förster. 'S geht. Ich komme von Stein-seifferschdorf.

(Erster und zweiter alter Weber kommen und setzen sich zu Ansorge, Baumert und Hornig.)

Der Reisende. Entschuldigen Sie, sind Sie Gräflich Hochheimscher Förster?

Der Förster. Gräflich Keil'scher bin ich.

Der Reisende. Freilich, freilich, das wollt' ich ja auch sagen. Es is hier zu schlimm mit den vielen Grafen und Baronen und Freiherrlichen Gnaden. Man muß 'n Riesengedächtnis habn. Zu was haben Sie denn die Axt, Herr Förster?

Der Förster. Die hab ich, Holzdieben weggenommen.

Der alte Baumert. Inse Herrschaft, die nimmt's gar sihr genau miit a paar Scheitla'n Brennhulz.

Der Reisende. Nu erlauben Sie, das geht doch ooch nich, wenn da jeder holen wollte...

Der alte Baumert. Mit Verlaub zu räba, hie iis das wie ieberall, miit a kleen und a grußa

Dicba; hie sein welche, die treiba Hulzhandel ei'm Grußa und wer'n reich vu gestohlna Hulze. Wenn aber a armer Waber...

Erster alter Weber (unterbricht Baumert). Mir derfa kee Zweigla nahma, aber de Herrschaft, die grefft ins desto furscher a, die zieht ins 's Lader egelganz ieber de Uhren runder. Do sein zu entrichta Schutz= gelder, Spinngelder, Naturalleistunga, do muuß ma umsuste Gänge laufa und Howearbeit thun, eeb ma wiil aber ni.

Ansorge. 'S is halt a su: was ins dr Fabrikante iebrich läßt, das hullt ins d'r Edelman vund aus dr Tasche.

Zweiter alter Weber (hat am Nebentisch Platz genommen) Ich ha's o 'n gnädijen Herrn salber gesat. Se werdn gittigst verzeihn, Herr Graf, meent ich iebern, das Johr kann ich a su viel Howetage emol ni leista. Ich streits emol ni! Denn warum? Se wern entschuldijen mir hoot's Wasser alls zu Schanda gemacht. Mei bißla Acker hoot's weg= geschwemmt. Ich muuß Tag und Nacht schaffa, wenn iich wiil laba. A su a Unwaater... Ihr Leute, Ihr Leute! Ich stund ock immer und rang de Hände. Dar schiine Boden, dar kam ock immer a su ieber a Barg rundergewellt und eis Häusla nei; und dar schiine, teure Soma!... O Jes's, o jes's, do ha ich ock immer a su ei de Wulka nei geprillt und acht Tage lang ha ich geslennt, daß ich bal keene Stroße ni meeh saag... Und dernoert kund ich mich mit achtzig schwära Rawern Boden ieber a Barg wieder nuufquäln.

Der Bauer (roh). Ihr macht ju a schauderhaftiges Gelamntire dohie. Was be d'r Himmel schickt, das miss' mir ins alle gefalln loon. Und wenn's 'ich sust'r ni zum Besta giht, waar üs denn Schuld, wie Ihr salber? Wie's Geschäft gutt ging, was hat'r gemacht? Alls verspielt und versussa hat'r. Hätt' Ihr'ch dozemol was drspart, do wär itzt a Nothpfennich do sein, do braucht'r kee Garn und kee Hulz stahln.

Erster junger Weber. (mit einigen Kameraden im "Hause", spricht laut zur Thüre herein). A Pauer bleit a Pauer, und wenn a schläft biis im Neune.

Erster alter Weber. Das iis itzt a su: D'r Pauer und d'r Edelmann, die ziehn a e'n Strange. Wiill a Waber an' Wohnung han, do sat d'r Pauer, iich ga d'r a klee Lechla zum brinne Wunn, Du zahlst m'r schüne Zinse und hilfst m'r mei Hei und mei Getreide reibräuga, und wenn de ni willst, do siech, wu de bleist. Kimmt enner zum Zweeta, dar machts wie d'r irschte.

Baumert (grimmig). Ma is wie a Griebsch, a dan alle rimfrassa.

Der Bauer. (aufgebracht). O, Ihr verhungerta Luder, zu was wert Ihr zu gebraucha? Kinnt Ihr an Flug ei a Acker dricka? Kinnt Ihr wull an gleiche Furche ziehn, aber an Mandel Habergarba uf a Wan reecha? Ihr seib ju zu nischt nitze wie zum Faullenza, und bei a Weibern lieja. Ihr wert Scheißkerle! Ihr kennt een was nitza. (Er hat indeß gezahlt und geht ab. Der Förster folgt ihm lachend. Welzel, der Tischler und Frau Welzel lachen laut. Der Reisende für sich. Als das Gelächter verstummt, tritt Stille ein.

Hornig. A su a Pauer dar iis wie a Brennneruchse... Wenn iich ni wesste, was hie fir a Nut iis. Ei da Derfern hi nuff. Was hoot ma doo als zu saahn kriicht. Zu viern und simma saga se natich nuf en cenzichta Strunsack.

Der Reisende (in milde verweisendem Tone). Erlauben Sie mal, lieber Mann. Ueber die Not im Gebirge sind doch die Ansichten recht verschieden, wenn Sie lesen können...

Hornig. O, ich las alls vum Blatte runder, a su gutt wie Sie. Nee, nee, iich warsch wissa iich biin genung rimkumma bei da Leuta. Wenn mn 's Kupjel Stick a verzich Joor uf'm Puckel gehatt hoot, do werd nia wull was wissa zu guder letzt. Wie warsch denn miit Jullern? Die Kinder, die klaubta mit Nuppersch Gänsa cim Miste rim. Gesturba sein de Leute — nakicht — uf a Flissa cim Hause. Stinknige Schlichte han se gefrassa vor Himmels= angst. Hiegerofst hoot se d'r Hunger zu hunderta und aberhunderta.

Der Reisende. Wenn Sie lesen können, müssen Sie doch auch wissen, daß die Regierung genaue Nachforschungen hat anstelln lassen, und daß…

Hornig. Das kennt ma, das kennt ma: Do kimmt so a Herr von d'r Regierung, dar alls schumm besser wiß, wie wenn a's gesahn hätte, dar giht a in a bißla cim Durfe rim, wu de Baache ausflißt, und de schinsta Häuser sein. De schin'n blanka Schuhe, die will a sich wetter ni beschmutza. Do denkt a halt, 's werd wull ieberal a su schiin ausjahn und steigt ei de Kutsche und fährt wieder heem. Und do schreibt a no Berlin, 's wär und wär eemol keene Nut nich. Wenn a aber und hätte a wing Geduld gehat und wär ei da Derfern nuf gestiega, bis wu de Baache eitritt, und ieber de Baache nieber uf de kleene Seite, aber gar abseit wu de klen'n eenzelna Klitscha stihn, die aala Schanbanaaster a a Barja, die de manchmol a su schwarz und hiefällig sein, daß s'n s'Streichhelzla ni verluhnt im a su a Ding azustecka, do wär a wull andersch han no Berlin bericht't. Zu mir hätta se sulln kumma de Herrn vo d'r Regierung, die's ni han gleeba wulln — daß hie an Nuth wär. Ich hätta amol was ufgezeicht. Ich welda a mol de Auga ufkneppa ei alla da Hungernaastern hie nei.

(Man hört draußen das Weberlied singen.)

Welzel. Do singa se schumm wieder das Teifelslied.

Wiegand. Die stell'n ju 's ganze Durf uf a Kupp.

Frau Welzel. S'is reen, als wenn was in d'r Luft läg'.

(Jäger und Bäcker Arm in Arm, an der Spitze einer Schaar junger Weberburschen, betreten lärmend das „Haus" und von da die Wirtsstube.)

Jäger. Schwadron halt! Abgesessen! Die Angekommenen begeben sich zu den verschiedenen Tischen, an denen bereits Weber sitzen, mit ihnen Gespräche anknüpfend.)

Hornig, (Bäcker zurufend). Nu sa ock blussich, was gibt denn viir, daß d'r a su ei hella Haufa beinander seid?

Bäcker (bedeutsam). Verleichte werd amol was viirgihn. Gell ocke, Moritz?!

Hornig. Nu wersch doch! Macht ock ni Dinge.

Bäcker. 'Siis o schunn Blutt geflussa. Willst's sahn? (Er streift seinen Ärmel herauf und zeigt ihm blutende Impfstellen am nackten Oberarm. Wie er, so thun auch viele der jungen Weber an den übrigen Tischen.)

Bäcker. Beim Bader Schmidt war mer, impfa loon.

Hornig. Na nu werds Taag. Do kan ma siich ni wundern, daß a ju a Teeps iis uff alla Gassa. Wenn sujte Leubel eim Durfe rim schwuchtern.!

Jäger, (sich protzenhaft aufspielend, mit lauter Stimme). Glei zwee Quart, Welzel! Ich zahl's. Denkst ernt, iich ha kee Puttputt? Nu harr ock sachte! Wenn mir suster wellda, do kennda miir Scheps trinka und Kaffee lappern, biis murne friih, a su gutt wie a Reesender. (Gelächter unter den jungen Webern.)

Der Reisende (mit komischem Erstaunen). Meinen Sie mir oder meinen Sie miich? (Der Wirt, die Wirtin und ihre Tochter, Tischler Wiegand und der Reisende lachen.)

Jäger. Immer dan, bar freut.

Der Reisende. Erlauben Sie mal, junger Mensch, Ihr Geschäft scheint recht gut zu gehn.

Jäger. Ich kan ni klan. Jich biin Kunfektionsreesender. Jich mach miid'n Fabrikanta Halbpart. Je meh d'r Waber hingert, im desto fetter speis ich. Je grisser de Nuth, desto grisser mei Brut.

Bäcker. Das huste gutt gemacht, sullst laba, Moritz!

Welzel (hat den Kornschnaps gebracht. Auf dem Rückwege zum Schenktisch bleibt er stehn und wendet sich langsam in all seinem Phlegma und seiner Massigkeit wieder den Webern zu. Mit eben soviel Ruhe als Nachdruck.) Lusst Ihr da Herrn zufriede, dar hoot Euch nischte nich gethan.

Stimmen junger Weber. Mir thun 'n ju au nischt.

(Frau Welzel hat mit dem Reisenden einige Worte gewechselt. Sie nimmt die Tasse mit dem Kaffeerest, und bringt sie in das Nebenstübchen. Der Reisende folgt ihr dahin unter dem Gelächter der Weber.)

Stimmen junger Weber (singend). Die Herren Dreißiger die Henker sind, die Diener ihre Schergen....

Welzel. Pscht, pscht! Das Lied singt, wu't' er wullt. Ei men' Hause buld iich's nee.

Erster alter Weber. A hoot ganz Recht, lußt Ihr das Singa.

Bäcker (schreit). Aber bei Dreißigern miß mer noo amool verbeiziehn. Dar muuß inse Lied no amool zu hiirn krija.

Wiegand. Treibt's ock ni gar zu tulle, daß a ni ernt amool falsch verstiiht! (Gelächter und Hoho!!)

Der alte Wittig (ein grauhaariger Schmied, ohne Mütze, in Schurzfell und Holzpantinen, rußig, wie er aus der Werkstatt kommt, ist eingetreten und wartet am Schenktisch stehend auf ein Glas Brantwein). Luß ock Du die geruhig a wing a Thiater macha. Die Hunde, die de viel kläffa, beißa ni.

Stimmen alter Weber. Wittich, Wittich!

Wittig. Hie hengt a. Was gibbt's denn?

Stimmen alter Weber. „Wittig iis do." „Wittig, Wittig." „Kumm har, Wittich, setz Dich zu ins." „Kumm har zu ins, Wittich."

Wittig. Jich waar miich ei Obacht nahma und waar miich zu suchta Gotha setza.

Jäger. Kumm, trink amool miit.

Wittig. O behaal der denn Brantwein. Wiil ich trinka, zahl ich a salber. (Er setzt sich mit seinem Schnepsglas zu Baumert und Ansorge. Dem letzteren auf den Bauch klopfend.) Was haben die Waber fer eine Speis'? Sauerkraut und Läusefleisch.

Der alte Baumert (erstattsch). Nu aber wie b'n do, wenn se nu, und fein nimmer zufriebe dermüte?

Wittig (mit gemachtem Staunen den Weber dumm anglotzend). Nu, nu, nu, sa mer ock, Heinerla, bist Du's? (Unbändig herauslachend.) Ihr Leute, Ihr Leute, ich lach mich tnut. Der ale Baumert will Rebellion macha. Nu wer'n mersch han: Jtzt sanga be Schneider o a, dann wer'n de Bälammla rebellsch, dann de Mäuse und Ratta. O du meine Gitte, das werd a Tanz warn. (Er will sich ausschütten vor Lachen.)

Der alte Baumert. Nu sich ock, Wittig, iich biin no immer darselbigte wie frieher. Ich sa o itzt no, wenn's ei Guden gäng, wärsch besser.

Wittig. Dreck! werds giihn, aber ni ein Guden. Wu wer a su was eim Guden ganga? Is er'nt ei Frankreich eim Guden ganga? Hoot ernt d'r Robspiir a Reicha de Patschla gestreechelt? Do hiß blutzig: Alle schaff fort. Immer nuff uff de Giljotine. Das muß giihn, allong sangsang. De gebratna Gänse kumma een ni eis Maul gefleun.

Der alte Baumert. Wenn iich ock und hätte hallwäge mein Auskumma...

Erster alter Weber. Ins stüht halt's Wasser biis hierin, Wittich.

Zweiter alter Weber. Ees mag baal gar ni mee heem gihn. Eb ma nu schachtert aber ma lät sich schlofa, ma hingert uuf beede Arta.

Erster alter Weber. D'rheeme verliert ma vund ganz a Verstand.

Der alte Ansorge. Mir is itzt schumm eegal, 's kimmt a su, aber a su.

Stimmen alter Weber (mit steigender Erregung). „Nernt hoot ma Ruh." „D ken'n Geist ni zur Arbeit hoot n:a." Duba bei ins ei Steenkunzendurf sitzt enner schunn a ganza Taag a d'r Baache und wäscht siich, nackt wie a Gott gemacht hoot. Dann hoot's gar a Kupp verwerrt.

Dritter alter Weber (erhebt sich, vom Geiste getrieben und fängt an mit „Zungen" zu reden, den Finger drohend erhoben). Es ist ein Gericht in der Luft! Gesellet euch nicht zu den Reichen und Vornehmen! Es ist ein Gericht in Luft! Der Herr Zebaot ... (Einige lachen. Er wird auf den Sitz niedergedrückt.)

Welzel. Dar derf ock a eenzichtes Glasla trinka, bo werrt's u glei aus'n Kuppe.

Dritter alter Weber (fährt wieder auf). Doch ha! sie glauben an keinen Gott, noch weder Hell noch Himmel. Religion ist nur ihr Spott ...

Erster alter Weber. Luß gutt sein, luß!

Bäcker. Luß Du da Mau sei Gesetzla bata. Das kan sich manch ees zu Harza nahma.

Viele Stimmen (tumultuarisch). „Lußt' a räda!" „Lußt' a!"

Dritter alter Weber (mit gehobener Stimme). Daher die Helle die Seele weit aufgesperrt und den Rachen aufgethan, ohne alle Maaße, daß hinunterfahren alle die, so die Sache der Armen beugen und Gewalt üben im Recht der Elenden, spricht der Herr.

(Tumult.)

Dritter alter Weber, (plötzlich schülerhaft declamirend). Und doch wie wunderlich geht's,
Wenn man es recht will betrachten,
Wenn man des Leinewebers Arbeit will verachten!

Bäcker. Mir sein aber Purchawaber.

(Gelächter.)

Hornig. A Leinwabern gihts no viel älender. Die schleicha ock blussich no wie de Gespenster zwischer a Barja rim. Ihr dohie hat doch no Kriin zum Uffmucka.

Wittig. Denkst Du ernt hie iis schunt 's Schlimmste vorüber? Das bißla Furjche, was die no ein Leibe han, das werd a d'r Fabrikante schunt o vunt austreiba.

Bäcker. A hoot ju gesat: De Waber werda no fer an Quargschnitte arbeita.

(Tumult.)

Verschiedene alte und junge Weber. War hoot das gesat?

Bäcker. Das hot Dreißiger über Waber gesat.

Ein junger Weber. Das Aas sellt ma ärschlich ustnippa.

Jäger. Hiir a mol uuf miich, Wittich, Du hust immer a su viel derzahlt vo d'r franzesscha Revolution. Du hust immer 's Maul a su vuul genumma. Nu kennde verleicht baal Gelegenheit warn, daß eunner und keunde zeiga, wie's miid'n beschaffa iis: ceb a a Grußmaul is aber a Ehrenman.

Wittig. (jähzornig aufbrausend). Sa no e Wort Junge! Hust Du gehirt Kugeln psesssa? Hust Du uf Vorpusta gestanba ei Feindesland?

Jäger. Nu, büs ock ni falsch. Mir sein ju Kumroda. Ich ha's ju ni schlimm gemeent.

Wittig. Uf die Kumrodschaft plamp iich. Du Laps, ufgeblosener!

Gendarm Kutsche (kommt).

Mehrere Stimmen. Pscht, pscht, Pulzei!

(Es wird eine unverhältnißmäßig lange Zeit gezischt, bis völlige Ruhe eingetreten ist.)

Kutsche (unter tiefem Schweigen aller übrigen seinen Platz an der Mittelsäule einnehmend). An kleen Kurn mecht ich bitten.

(Wiederum völlge Ruhe.)

Wittig. Nu, Kutsche sullst wull amol zum Rechta sahn hie bei ins?

Kutsche (ohne auf Wittig zu hören). Gun Tak' o, Meester Wiegand.

Wiegand (noch immer in der Ecke vor dem Schenktisms). Schiin Dank, Kutsche.

Kutsche. Wie gehts Geschäft?

Wiegand. Dank fer de Nochfrage.

Bäcker. D'r Verwalter hoot Angst, m'r kennba ins a Maga verderba, vo bam viela Luhn, das m'r krieja. (Gelächter.)

Jäger. Gell ock, Welzel, mir han alle Schweinernes gassa und Fetttunke und Kließla und Sauerkraut, und ißt trink mer irscht no Schlampanjerwein. (Gelächter.)

Welzel. Hinga nim scheint de Sunne.

Kutsche. Und went Ihr und hätt pluße Schlampanjer und Gebrotnes, derwegen werd Ihr no lange ni zufrieda sein. Ich ha o kenn Schlampanjer, und 's muuß halt au gihn.

Bäcker (mit Bezug auf Kutsches Nase). Dar begißt seine kohlrute Gurke mit Brantwein und Schepsbier. Do dervone werd se o reif. (Gelächter.)

Wittig. A su a Schandarm hoot a schweres Laba: eemol muuß a an verhungerta Batteljunga eis Lvoch stecka, dann muß a wieder amol a hibsch Wabernadel dicke macha, dann muuß a sich wieder amol sternhagelsmäßig bekreescha und's Weib durchprijaln, das se ver Himmelangst zu a Nuppern gelaufa kimmt; und a su uf'n Fare rimschappern, ei a Fadern liega bis im neune, das iis gar ke leichte Ding dohie!

Kutsche. Schwuß Du immerzu. Du werscht dich schunn no bei Zeita in a Hals räda. Ma weeß ju längst, was Du fer a Briderla bist. Dei uufrührerisch Maulwerk das iis längst bekannt biis nuff zum Landroth. Ich kenn en'n, dar brengt iber Johr und Taag Weib und Kind eis Armahaus mit Saufa und Kratsch'mhocka und sich salber eis Gefängnis, dar werd uffheßa und uufheßa, biis 's werd a Ende mit Schrecka nahma.

Wittig (lacht bitter heraus). War wiß an, was kimmt?! Uf de leßte kannste gar Recht han. (Jähzornig hervorbrechend.) Kimmt's aber a su weit, dann wiß iich o, wan ich's zu verdanka ha, war mich verklatscht hoot bei a Fabrikanta und uf d'r Herrschaft, und ver= schändt und verleumdt, daß iich ken'n Schlaag arbeit meh besah, — war mir de Pauern hoot uuf a Hals geheßt und de Miller, daß iich de ganze Wuche kee Fard zum beschlan krieje, aber an Reesa im a Rad zu macha. Ich wiß, war das iis. Ich ha die infamte Karnalje amol umm Fare gezunn, weil se an klen'n tummna Junga wäjen a paar unreefa Berna mid'n Uchsa= ziemer hoot durchgewalkt. Und ich sa Dir, Du kennst miich, brengst Du miich eis Gefängniß, do mach Du au glei Dei Testament. Hür iich ock was vu weiter Ferne länta, do nahm iich, was ich krieje, 's iis nu a Hufeisa aber Hammer, an Radspeiche aber a Wasser= eemer, und do sich iich Diich uf, und wenn iich Diich sool aus'n Bette hulln, vo Denner Hure weg, iich reiß Dich raus und schlo D'r a Schadel ei, a su wohr wie iich Wittich heeße. (Er ist aufgesprungen und will auf Kutsche losgehen.)

Alte und junge Weber (ihn zurückhaltend). Wittich, Wittich, blei bei Verschtande.

Kutsche (hat sich unwillkürlich erhoben, sein Gesicht ist blaß. Wäh= rend des Folgenden retirirt er. Je näher der Thür, desto muthiger wird er. Die letzten Worte spricht er schon auf der Thürschwelle, um im nächsten Augen= blick zu verschwinden). Was willst Du vo mir? Mit Dir ha iich nischt ni zu schaffa. Ich ha miit a hüchta Wabern zu räda. Dir ha iich nischt ni gethon. Du gihst miich nischt a. Euch Wabern aber sool iich's ausrichta: D'r Herr Pulzeiverwalter läßt Euch ver= bieta das Lied zu singa — das Dreißigerlied, aber wie sich's genennt. Und wenn das Gesinge uf br Gasse ni glei ufhirt, do werd a b'rsire surja, daß d'r

eim Stoockhause mieh Zeit und Ruhe kriejt. Do kinnt
'r dann singa bei Wasser und Brut, a su lange, wie
d'r lustig seid. (Aj.)

Wittig (schreit ihm nach). Garnischt hoot a ins zu
verbieta, und wenn mir prilln, daß de Fanster schwerrn,
und wenn ma ins hiirt büs uf Reechenbach, und
wenn mir singa, daß alla Fabrikanta de Häuser iber'n
Kuppe zusammasterza und alla Verwaltern de Helme
uf'm Schadel tanza. Das giht niemanda nischt a

Bäcker (ist inzwischen aufgestanden, hat pantomimisch das Zeichen
zum Singen gegeben und beginnt nun selbst mit allen gemeinschaftlich).

Hier im Ort ist ein Gericht,
Viel schlimmer als die Vehmen,
Wo man nicht mehr ein Urtheil spricht,
Das Leben schnell zu nehmen.

(Der Wirth sucht zu beruhigen, wird aber nicht gehört. Wiegand hält sich die
Ohren zu und läuft fort. Die Weber erheben sich und ziehen unter dem Gesang
der folgenden Verse Wittig und Becker nach, die durch Winke ꝛc. das Zeichen
zum allgemeinen Aufbruch gegeben haben.)

Hier wird der Mensch langsam gequält,
Hier ist die Folterkammer,
Hier werden Seufzer viel gezählt,
Als Zeugen von dem Jammer.

(Der größte Theil der Weber singt den folgenden Vers schon auf der Straße, nur
einige junge Burschen noch im Innern der Stube, während sie zahlen. Am
Schluß der nächsten Strophe ist das Zimmer leer bis auf Welzel, seine Frau,
seine Tochter, Hornig und den alten Baumert.)

Ihr Schurken all', ihr Satansbrut!
Ihr höllischen Cujone!
Ihr freßt der Armen Hab' und Gut,
Und Fluch wird euch zum Lohne.

Welzel (räumt mit Gleichmut Gläser zusammen). Die sein ju
hinte gar tälsch.

Der alte Baumert (ist im Begriff zu gehen).

Hornig. Nu sa blos, Baumert, was üs denn
eim Gange?

Der alte Baumert. Zu Dreißigern gihn wull'n
se halt, sahn das a 'was zulät zum Luhne, dohie.

Welzel. Machst Du au no miite bei sujta Tullheeta?!

Der alte Baumert. Nu sihch ock, Welzel, a mir leihts nee. A Junges kan manchmol und a Ales muuß. (Ein wenig verlegen ab.)

Hornig (erhebt sich). Das sellt miich doch wundern, wenn's hie ni amol biise käm.

Welzel. Das die ala Krepper o ount a Verstand verliern!?

Hornig. A jeder Mensch hoot halt an'n Sahnsucht!

Ende des dritten Aktes.

Vierter Akt.

Personen des vierten Aktes.

Bäcker.
Moritz Jäger.
Der alte Baumert.
Der alte Ansorge.
Dreißiger.
Pfeiffer.
Wittich.
Kutsche.
Frau Dreißiger.
Kittelhaus, Pastor.
Frau Kittelhaus.
Weinhold, Kandidat der Theologie. Hauslehrer
        bei Dreißiger.
Heide, Polizeiverwalter.
Junge und alte Weber und Weberfrauen.

(Peterswaldau. — Privatzimmer des Parchent-Fabrikanten Dreißiger. Ein im frostigen Geschmack der ersten Hälfte unseres Jahrhunderts luxuriös ausgestatteter Raum. Die Decke, der Ofen, die Thüren sind weiß; die Tapete gradlinig kleingeblümt und von einem kalten, bleigrauen Ton. Dazu kommen rothüberzogene Polstermöbel aus Mahagoniholz, reich geziert und geschnitzt, Schränke und Stühle von gleichem Material und wie folgt vertheilt: Rechts, zwischen zwei Fenstern mit kirschrothen Damastgardinen steht der Schreibsekretär, ein Schrank, dessen vordere Wand sich herabklappen läßt, — ihm gerade gegenüber das Sofa, unweit davon ein eiserner Geldschrank, vor dem Sofa der Tisch, Sessel und Stühle, — an der Hinterwand ein Gewehrschrank. Diese, sowie die anderen Wände sind durch schlechte Bilder in Goldrahmen theilweise verdeckt. Ueber dem Sofa hängt ein Spiegel mit stark vergoldetem Roccocorahmen. Eine einfache Thür links führt in den Flur, eine offene Flügelthür der Hinterwand in einen mit dem gleichen ungemüthlichen Prunk überladenen Salon. Im Salon bemerkt man zwei Damen, Frau Dreißiger und Frau Pastor Kittelhaus damit beschäftigt, Bilder zu besehen, — ferner den Pastor Kittelhaus im Gespräch mit dem Kandidaten und Hauslehrer Weinhold.)

Kittelhaus (ein kleines, freundliches Männchen tritt gemüthlich plaudernd und rauchend mit dem ebenfalls rauchenden Kandidaten in das Vorderzimmer; dort sieht er sich um und schüttelt, da er Niemand bemerkt, verwundert den Kopf). Es ist ja durchaus nicht zu verwundern, Herr Kandidat: Sie sind jung. In Ihrem Alter hatten wir Alten — ich will nicht sagen dieselben Ansichten, aber doch ähnliche. Aehnliche jedenfalls. Und es ist ja auch was schönes um die Jugend — um alle die schönen Ideale, Herr Kandidat. Leider nur sind sie flüchtig, flüchtig wie Aprilsonnenschein. Kommen Sie erst in meine Jahre. Wenn man erst mal dreißig Jahre, das Jahr zweiundfünfzigmal — ohne die Feiertage — von der Kanzel herunter den Leuten sein Wort gesagt hat, dann ist man nothwendigerweise ruhiger geworden. Denken Sie an mich, wenn es mit Ihnen so weit sein wird, Herr Kandidat.

Weinhold (neunzehnjährig, bleich, mager, hochaufgeschossen mit schlichtem langen Blondhaar. Er ist sehr unruhig und nervös in seinen Bewegungen). Bei aller Ehrerbietung, Herr Pastor... Ich weiß doch nicht... Es existirt doch eine große Verschiedenheit in den Naturen.

Kittelhaus. Lieber Herr Kandidat, Sie mögen ein noch so unruhiger Geist sein — — (im Tone eines Verweises) und das sind Sie — Sie mögen noch so heftig und — ungeberdig gegen die bestehenden Verhältnisse angehen. Das legt sich alles. Ja, ja, ich gebe ja zu, wir haben ja Amtsbrüder, die in ziemlich vorgeschrittenem Alter noch recht jugendliche Streiche machen. Der eine predigt gegen die Branntweinpest und gründet Mäßigkeitsvereine, der andere verfaßt Aufrufe, die sich unleugbar recht ergreifend lesen. Aber was erreicht er damit? Die Noth unter den Webern wird, wo sie vorhanden ist, nicht gemildert. Der sociale Frieden dagegen wird untergraben; nein, nein, da möchte man wirklich fast sagen: Schuster bleib bei Deinem Leisten, Seelsorger, werde kein Wanstsorger. Predige dein reines Gotteswort, und im übrigen laß Den sorgen, der den Vögeln ihr Bett und ihr Futter bereitet hat und die Lilie auf dem Felde nicht läßt verderben. — Nun aber möcht' ich doch wirklich wissen, wo unser liebenswürdiger Wirth so plötzlich hingekommen ist.

Frau Dreißiger (kommt von der Pastorin gefolgt nach) vorn. Sie ist eine dreißigjährige, hübsche Frau von einem kernigen und robusten Schlage. Ein gewisses Mißverhältniß zwischen ihrer Art zu reden, oder sich zu bewegen und Ihrer vornehm reichen Toilette ist auffällig). Se haben ganz recht, Herr Pastor. Wilhelm macht's immer so. Wenn'n was einfällt, da rennt er fort und läßt mich sitzen. Da hab' ich schon so drüber geredt, aber da mag man sagen, was man will.

Kittelhaus. Liebe, gnädige Frau, dafür ist er Geschäftsmann.

Weinhold. Wenn ich nicht irre, ist unten etwas vorgefallen.

Dreißiger. (kommt. Schauffirt aufgeregt). Nun, Rosa, ist der Kaffee servirt?

Frau Dreißiger (schmollt). Ach, daß Du och immer fortlaufen mußt.

Dreißiger (leichthin). Ach was weißt Du!

Kittelhaus. Um Vergebung! Haben Sie Aerger gehabt, Herr Dreißiger?

Dreißiger. Den habe ich alle Tage, die Gott der Herr werden läßt, lieber Herr Pastor. Daran bin ich gewöhnt. Nun Rosa?! Du sorgst wohl dafür.

Frau Dreißiger (geht mißlaunig und zieht mehrmals heftig an dem breiten, gestickten Klingelzug).

Dreißiger. Jetzt eben, (nach einigen Umgängen.) Herr Candidat, hätte ich Ihnen gewünscht, dabei zu sein. Da hätten Sie was erleben können. Uebrigens... Kommen Sie, fangen wir unsern Whist an.

Kittelhaus. Ja, ja, ja und nochmals ja! Schütteln Sie des Tages Staub und Last von den Schultern und gehören Sie uns.

Dreißiger (ist an's Fenster getreten, schiebt eine Gardine beiseit und blickt hinaus. Unwillkürlich). Bande!!! — komm doch mal her, Rosa! (Sie kommt.) Sag doch mal: ... Dieser lange, rothhaarige Mensch dort!...

Kittelhaus. Das ist der sogenannte rothe Bäcker.

Dreißiger. Nu sag mal, ist das vielleicht derselbe, der Dich vor zwei Tagen insultirt hat? Du weißt ja, was Du mir erzähltest, als Dir Johann in den Wagen half.

Frau Dreißiger (macht einen schiefen Mund, gedehnt). Ich wöß nich mehr.

Dreißiger. Aber so laß doch jetzt das beleidigt thun. Ich muß das nämlich wissen. Ich habe die Frechheiten nun nachgerade satt. Wenn es der ist, so zieh ich ihn nämlich zur Verantwortung. (Man hört das Weberlied singen.) Nun hören Sie blos, hören Sie blos!

Kittelhaus (überaus entrüstet.) Will denn dieser Unfug wirklich immer noch kein Ende nehmen? Nun muß ich aber wirklich auch sagen: es ist Zeit, daß die Polizei einschreitet. Gestatten Sie mir doch mal! (Er tritt ans Fenster.) Nun sehen Sie an, Herr Weinhold! Das sind nun nicht blos junge Leute, da laufen auch alte, gesetzte Weber in Masse mit. Menschen, die ich lange Jahre für höchst ehrenwerth und gottesfürchtig gehalten habe. Sie laufen mit. Sie nehmen theil an diesem unerhörten Unfug. Sie treten Gottes Gesetz mit Füßen. Wollen Sie diese Leute vielleicht nun noch in Schutz nehmen?

Weinhold. Gewiß nicht Herr Pastor. Das heißt, Herr Pastor... cum grano salis. Es sind eben hungrige, unwissende Menschen. Sie geben halt ihre Unzufriedenheit kund, wie sie's verstehen. Ich erwarte gar nicht, daß solche Leute...

Fr. Kittelhaus (klein, mager, verblüht, gleicht mehr einer alten Jungfer als einer Frau.) Herr Weinhold, Herr Weinhold! aber ich bitte Sie!

Dreißiger. Herr Candidat, ich bedaure sehr.. Ich habe Sie nicht in mein Haus genommen, damit Sie mir Vorlesungen über Humanität halten. Ich muß Sie ersuchen, sich auf die Erziehung meiner Knaben zu beschränken, im Uebrigen aber meine An=

gelegenheiten mir zu überlaßen, mir ganz allein!. Verstehen Sie mich?

Weinhold (steht einen Augenblick starr und todtenblaß, und verbeugt sich dann mit einem fremden Lächeln. Leise.) Gewiß, gewiß, ich habe Sie verstanden. Ich sah es kommen; es entspricht meinen Wünschen. (Ab.)

Dreißiger. (brutal). Dann aber doch möglichst bald, wir brauchen das Zimmer.

Frau Dreißiger. Aber Wilhelm, Wilhelm!

Dreißiger. Bist Du wohl bei Sinnen? Du willst einen Menschen in Schutz nehmen, der solche Pöbeleien und Schurkereien wie dieses Schmählied da vertheidigt.

Frau Dreißiger. Aber Männdel, Männdel, er hat's ja garnicht ...

Dreißiger. Herr Pastor, hat er's vertheidigt? Oder hat er's nicht vertheidigt?

Kittelhaus. Herr Dreissiger, man muß es seiner Jugend zugute halten.

Fr. Kittelhaus. Ich weiß nicht, der junge Mensch ist aus einer so guten und achtbaren Familie. Vierzig Jahr war sein Vater als Beamter thätig und hat sich nie auch nur das geringste zu schulden kommen lassen. Die Mutter war so überglücklich, daß er hier ein so schönes Unterkommen gefunden hatte. Und nun ... nun weiß er sich das so wenig wahrzunehmen.

Pfeifer (reißt die Flurthür auf, schreit herein). Herr Dreissicher, Herr Dreissicher! se han a feste. Se mechta kumma. Se han en'n gefangt.

Dreißiger (haftig). Ist Jemand zur Polizei gelaufen?

Pfeifer. D'r Herr Verwalter kimmt schunn di Treppe ruff.

Dreißiger (in der Thür). Ergebener Diener, Herr Verwalter! Es freut mich, daß Sie gekommen sind.

Kittelhaus. (macht den Damen pantomimisch begreiflich, daß es besser sei, sich zurückzuziehen. Er, seine Frau und Frau Dreißiger verschwinden in den Salon).

Dreißiger (im höchsten Grade aufgebracht, zu dem inzwischen eingetretenen Polizeiverwalter) Herr Verwalter, ich habe nun endlich einen der Hauptsänger von meinen Färbereiarbeitern festnehmen lassen. Ich konnte das nicht mehr weiter mit ansehen. Die Frechheit geht einfach in's Grenzenlose. Es ist empörend. Ich habe Gäste und diese Schufte erdreisten sich... sie insultiren meine Frau, wenn sie sich zeigt, meine Knaben sind ihres Lebens nicht sicher. Ich riskire, daß sie meine Gäste mit Püffen traktiren. Ich gebe Ihnen die Versicherung, wenn es in einem geordneten Gemeinwesen ungestraft möglich sein sollte, unbescholtene Leute, wie ich und meine Familie, fortgesetzt öffentlich zu beschimpfen... ja dann... dann müßte ich bedauern, andere Begriffe von Recht und Gesittung zu haben.

Polizeiverwalter (etwa fünfzigjähriger Mann, mittelgroß, corpulent, vollblütig. Er trägt Cavallerieuniform mit Schleppsäbel und Sporen). Gewiß nicht... Nein... gewiß nicht, Herr Dreißiger! — Verfügen Sie über mich. Beruhigen Sie sich nur, ich stehe ganz zu Ihrer Verfügung. Es ist ganz in der Ordnung... Es ist mir sogar sehr lieb, daß Sie einen der Hauptschreier haben festnehmen lassen. Es ist mir sehr recht, daß die Sache nun endlich mal zum klappen kommt. Es sind so'n paar Friedensstörer hier, die ich schon lange auf der Pike habe.

Dreißiger. So'n paar grüne Burschen, ganz recht, arbeitsscheues Gesindel, faule Lümmels, die ein Luderleben führen, Tag für Tag in den Schenken rumhocken, bis der letzte Pfennig durch die Gurgel gejagt ist. Aber nun bin ich entschlossen, ich werde diesen berufsmäßigen Schandmäulern das Handwerk legen, gründlich. Es ist im allgemeinen Interesse, nicht nur im eigenen Interesse.

Polizeiverwalter. Unbedingt! ganz unbedingt, Herr Dreißiger. Das kann Ihnen kein Mensch verdenken. Und so viel in meinen Kräften steht...

Dreißiger. Mit dem Kantschu müßte man hineinfahren in das Lumpengesindel.

Polizeiverwalter. Ganz recht, ganz recht. Es muß ein Exempel statuirt werden.

Gensdarm Kutsche (kommt und nimmt Stellung. Man hört, da die Flurthür offen ist, das Geräusch von schweren Füßen, welche die Treppe heraufpoltern). Herr Verwalter, ich melde gehorsamst: m'r han einen Menschen festgenommen.

Dreißiger. Wollen Sie den Menschen sehen, Herr Polizeiverwalter?

Polizeiverwalter. Ganz gewiß, ganz gewiß. Wir wollen ihn zuallererst mal aus nächster Nähe betrachten. Thun Sie mir den Gefallen, Herr Dreißiger, und bleiben Sie ganz ruhig. Ich verschaffe Ihnen Genugthuung, oder ich will nicht Heide heißen.

Dreißiger. Damit kann ich mich nicht zufrieden geben, der Mensch kommt unweigerlich vor den Staatsanwalt.

Jäger (wird von fünf Färberarbeitern herein geführt, die an Gesicht, Händen und Kleidern mit Farbe befleckt, direct von der Arbeit herkommen. Der Gefangene hat die Mütze schief sitzen, trägt eine freche Heiterkeit zur Schau und befindet sich in Folge des vorherigen Brantweingenusses in gehobenem Zustand). O ihr älenda Kerle! — Arbeiter wullt 'r sein? Kumroda wullt 'r sein? Eeb iich das machte — eeb iich mich vergreifa thät a menn Genußa, do thät ich denka, de Hand meßt m'r verfauln dohie! (Auf einen Wink des Verwalters hin veranlaßt Kutsche, daß die Färber ihre Hände von dem Opfer nehmen. Jäger steht nun frei und frech da, während um ihn alle Thüren verstellt werden.)

Polizeiverwalter (schreit Jägern an). Mütze ab, Flegel! (Jäger nimmt sie ab, aber sehr langsam, ohne sein ironisches Lächeln aufzugeben.) Wie heißt Du?

Jäger. Ha iich mit Dir schunn die Schweine gehitt? (Unter dem Eindruck der Worte entsteht eine Bewegung unter den Anwesenden.)

Dreißiger. Das ist stark.

Polizeiverwalter (wechselt die Farbe, will aufbrausen, kämpft den Zorn nieder). Das übrige wird sich finden. — Wie Du heißt frage ich Dich? — (Als keine Antwort erfolgt, rasend.) Kerl sprich, oder ich lasse Dir fünfundzwanzig überreißen.

Jäger (mit vollkommener Heiterkeit und ohne auch nur durch ein Wimperzucken auf die wüthende Einrede zu reagiren, über die Köpfe des Anwesenden hinweg zu einem hübschen Dienstmädchen, welches, im Begriff den Kaffee zu serviren, durch den unerwarteten Anblick betroffen, mit offenem Munde stehen geblieben ist.) Nu sa m'r ock, Plättbraatla-Emilie, bis Du itzt bei dar Gesellschaft. Na do sihch ock, das de hie nausfindst. Hie kan amool dr Wind gihn, und dar bläst alls weg iber Nacht. (Das Mädchen starrt Jäger an, wird, als sie begreift, daß die Rede ihr gilt, roth vor Scham, schlägt sich die Hände vor die Augen und läuft hinaus, das Geschirr zurücklassend, wie es gerade steht und liegt. Wiederum entsteht eine Bewegung unter den Anwesenden.)

Polizeiverwalter (nahezu fassungslos zu Dreißiger). So alt, wie ich bin... eine solche unerhörte Frechheit ist mir doch...

Jäger (spuckt aus).

Dreißiger. Kerl, Du bist in keinem Viehstall, verstanden?!

Polizeiverwalter. Nun bin ich am Ende mit meiner Geduld. Zum letzten Mal: wie heißt Du?

Kittelhaus, (der während der letzten Scene hinter der ein wenig geöffneten Salonthür hervorgeblickt und gehorcht hat, kommt nun, durch die Geschehnisse hingerissen, um, bebend vor Erregung, zu interveniren). Er heißt Jäger, Herr Verwalter. Moritz... nicht?... Moritz Jäger. (Zu Jäger.) Nu sag blos, Jäger, — kennst Du mich nich mehr?

Jäger (ernst). Sie sein Paster Kittelhaus.

Kittelhaus. Ja, Dein Seelsorger, Jäger! Derselbe, der Dich als kleines Wickelkind in die Gemeinschaft der Heiligen aufgenommen hat. Derselbe, aus dessen Händen Du zum ersten Mal den Leib des Herrn empfangen hast. Erinnerst Du Dich noch? Da hab ich mich nun gemüht und gemüht und Dir das Wort Gottes an's Herz gelegt. Ist das nun die Dankbarkeit?

Jäger (finster, wie ein geduckter Schuljunge). Ich ha ju enn Thaler Geld ufgeläht.

Kittelhaus. Geld, Geld... Glaubst Du vielleicht, daß das schnöde, erbärmliche Geld... Behalt Dir Dein Geld... das ist mir viel lieber. Was das für ein Unsinn ist. Sei brav, sei ein Christ! Denk an das, was Du gelobt hast. Halt Gottes Gebote, sei gut und sei fromm. Geld, Geld...

Jäger. Ich bin Quäker, Herr Paster, ich gleeb a nischt meh.

Kittelhaus. Was, Quäker, ach rede doch nicht! Mach, daß Du Dich besserst, und laß unverdaute Worte aus dem Spiel! Das sind fromme Leute, nicht Heiden wie Du. Quäker! was Quäker!

Polizeiverwalter. Mit Erlaubniß, Herr Pastor (Er tritt zwischen ihn und Jäger.) Kutsche! binden Sie ihn die Hände!

(Wüstes Gebrüll von draußen: „Jäger! Jäger, sull rauskumma!")

Dreißiger, (gelinde erschrocken, wie die übrigen Anwesenden, ist unwillkürlich an's Fenster getreten). Was heißt denn das nun wieder?

Polizeiverwalter. O, das versteh ich: das heißt, daß sie den Lumpen wieder raus haben wollen. Den Gefallen werden wir ihnen nun aber mal nicht thun. Verstanden, Kutsche? Er kommt in's Stockhaus.

Kutsche (mit dem Strick in der Hand zögernd). Mit Respect zu vermelden, Herr Verwalter, mir werden woll uuse Noth haben. Es is eine ganz verfluchte Hetze Menschen. De richtche Schwefelbande, Herr Verwalter. Do iis bar Bäcker, do iis bar Schmied...

Kittelhaus. Mit gütiger Erlaubniß, — um nicht noch mehr böses Blut zu machen, würde es nicht angemessener sein, Herr Verwalter, wir versuchten

es friedlich? Vielleicht verpflichtet sich der Jäger
gutwillig mitzugehen oder so...
Polizeiverwalter. Wo denken Sie hin!!
Meine Verantwortung! Auf so etwas kann ich
mich unmöglich einlassen. Vorwärts Kutsche! nich
lange gefakelt.
Jäger (die Hände zusammenlegend und lachend hinhaltend). Immer
feste, feste, a su fest, wiet'er kinnt. Süs ju doch nee
uf lange. (Er wird gebunden von Kutsche mit Hülfe der Kameraden).
Polizeiverwalter. Nu vorwärts, marsch!
(Zu Dreißiger.) Wenn Sie Sorge haben, dann lassen
Sie sechs Mann von den Färbern mitgehen. Die
können ihn in die Mitte nehmen. Ich reite voran,
Kutsche folgt. Wer sich entgegenstellt wird nieder=
gehauen.
(Geschrei von unten: „Kikeriki—i!! Wau, wau, wau".)
Polizeiverwalter (nach dem Fenster drohend). Ca=
naillen! ich werde euch bekikerikien und bewauwauen.
Marsch, vorwärts! (Er schreitet voran hinaus mit gezogenem Säbel,
die andern folgen mit Jäger.)
Jäger (schreit im Abgehen). Und wenn siich de gnädge
Frau Dreißichern o noo a su stulz macht, die iis
deshalb ni meh, wie inser ees. Die hoot menn Vater
viel hundertmol fer drei Fennige Schnaps viirgesatzt.
Schwadron links schwenkt, marsch, ma—rsch! (Ab mit
Gelächter.)
Dreißiger (nach einer Pause scheinbar gelassen). Wie denken
Sie, Herr Paster? Wollen wir nun nicht unsern
Whist machen? Ich denke der Sache steht nun nichts
mehr im Wege. (Er zündet sich eine Cigarre an, dabei lacht er mehr=
mals kurz, so bald sie brennt, laut heraus.) Nu fang ich an, die
Geschichte komisch zu finden. Dieser Kerl! (In einen
nervösen Lachausbruch.) Es ist aber auch unbeschreiblich
lächerlich. Erst der Krakel bei Tisch mit dem Candi=
daten. Fünf Minuten darauf empfiehlt er sich. Fort
über alle Berge, dann diese Geschichte. Und nun
spielen wir unsern Whist weiter.

Kittelhaus. Ja aber... (Gebrüll von unten.) Ja aber.. Wissen Sie: die Leute machen einen so schrecklichen Standal.

Dreißiger. Ziehen wir uns einfach in das andere Zimmer zurück. Da sind wir ganz ungestört.

Kittelhaus (unter Kopfschütteln). Wenn ich nur wüßte, was in diese Menschen gefahren ist. Ich muß dem Candidaten darin recht geben, wenigstens war ich bis vor Kurzem auch der Ansicht, die Webersleute wären ein demüthiger, geduldiger und lenksamer Menschenschlag. Geht es Ihnen nicht auch so, Herr Dreißiger?

Dreißiger. Freilich waren sie geduldig und lenksam, freilich waren es früher gesittete und ordentliche Leute. So lange nämlich die Humanitätsdusler ihre Hand aus dem Spiele ließen. Da ist ja den Leuten lange genug klar gemacht worden, in welchem entsetzlichen Elend sie drin stecken. Bedenken Sie doch, all die Vereine und Comités zur Abhilfe der Webernoth. Schließlich glaubt es der Weber, und nun hat er den Vogel. Nun komme einer her und rücke ihnen den Kopf wieder zurecht. Jetzt ist er im Zuge. Jetzt murrt er ohne Aufhören. Jetzt paßt ihm das nicht und jens nicht. Jetzt möchte alles gemalt und gebraten sein.

(Plötzlich ein vielstimmiges anschwellendes Hurrahgebrüll.)

Kittelhaus. So haben sie denn mit all ihrer Humanität nichts weiter zuwege gebracht, als daß aus Lämmern über Nacht buchstäblich Wölfe geworden sind.

Dreißiger. Ach was! bei kühlem Verstande, Herr Pastor, kann man der Sache vielleicht sogar noch 'ne gute Seite abgewinnen. Solche Vorkommnisse werden vielleicht in den leitenden Kreisen nicht unbemerkt bleiben. Möglicherweise kommt man dort doch mal zu der Ueberzeugung, daß es so nicht mehr lange

6*

weiter gehen kann, daß etwas geschehen muß, wenn unsre heimische Industrie nicht völlig zugrunde gehen soll.

Kittelhaus. Ja, woran liegt aber dieser enorme Rückgang, sagen Sie blos?

Dreißiger. Das Ausland hat sich gegen uns durch Zölle verbarrikadirt. Dort sind uns die besten Märkte abgeschnitten und im Inland müssen wir ebenfalls auf Tod und Leben concurriren, denn wir sind preisgegeben, völlig preisgegeben.

Pfeifer (kommt athemlos und blaß hereingewankt). Herr Dreißicher, Herr Dreißicher!

Dreißiger (bereits in der Salonthür, im Begriff zu gehen, wendet sich geärgert). Nu, Pfeiffer, was giebt's schon wieder?

Pfeiffer. Nee... nee... un laßt mich zufriede!

Dreißiger. Was is denn nn los?

Kittelhaus. Sie machen ein ja Angst, reden Sie doch.

Pfeiffer (immer noch nicht bei sich). Na, da lußt mich zufriede! nee so was! nee so was aber och! Die Obrichkeit.... na, den wird's gutt gehn.

Dreißiger. In's Teufels Namen, was is Ihnen denn so in die Glieder geschlagen. Hat Jemand den Hals gebrochen?

Pfeiffer (fast weinend, vor Angst schreit heraus). Se han a Jäger Moritz befreit, a Verwalter gepriegelt und fortgejat, a Schandarm gepriegelt und fortgejat. Ohne Helm... a Sabel zerbrocha... nee, nee!

Dreißiger. Pfeifer, Sie sind wohl übergeschnappt.

Kittelhaus. Das wäre ja Revolution.

Pfeifer (auf einem Stuhl sitzend, am ganzen Leibe zitternd, wimmernd). Herr Dreißicher, 's werd ernst! Herr Dreißicher, 's werd ernst!

Dreißiger. Na, dann kann mir aber die ganze Polizei...

Pfeiffer. Herr Dreißicher, 's werd ernst!

Dreißiger. Ach, halten Sie's Maul, Pfeiffer! Zum Donnerwetter!

Frau Dreißiger (mit der Pastorin aus dem Salon). Ach, das ist aber wirklich empörend, Wilhem. Der ganze schöne Abend wird uns verdorben. Nu hast Du's, nu will de Frau Pastern am liebsten zu Hause gehn.

Kittelhaus. Liebe, gnädige Frau Dreißiger, es ist doch vielleicht heute wirklich das beste...

Frau Dreißiger. Aber Wilhem, Du solltest doch auch mal gründlich dazwischen fahren.

Dreißiger. Geh Du doch und sags 'n! Geh Du doch! Geh Du doch! (Vor dem Pastor stillstehend, unvermittelt.) Bin ich denn ein Tyrann? Bin ich denn ein Menschenschinder?

Kutscher Johann (kommt). Gnädge Frau, ich ha de Färbe b'rweile ageschirrt. A Jorgel und's Carlchen hat d'r Herr Cannebate schon ei a Wagen gesetzt. Kimmt's gar schlimm, do fahr m'r luus.

Frau Dreißiger. Ja, was soll denn schlimm kommen.

Johann. Nu iich weeß halt au ni. Iich meen halt aju! 's wern halt immer meeh Leute. Se han halt doch a Verwalter mit sammst 'n Schandarme furtgejat.

Pfeifer. 'S werd ernst, Herr Dreißiger! 's werd ernst!

Frau Dreißiger (mit steigender Angst). Ja, was soll denn werden? — Was wollen die Leute? — Se könn' uns doch nich iberfallen, Johann?

Johann. Frau Madame, 's sein ride Hunde drunter.

Pfeifer. 'S werd Ernst, bitt'rer Ernst.

Dreißiger. Maul halten, Esel! Sind die Thüren verrammelt.

Kittelhaus. Thun Sie mir den Gefallen… Thun Sie mir den Gefallen… Ich habe einen Entschluß gefaßt… Thun Sie mir den Gefallen… (Zu Johann.) Was verlangen denn die Leute?

Johann (verlegen). Meeh Lohn wulln se halt han, die numma Luder.

Kittelhaus. Gut, schön! — Ich werde hinausgehen und meine Pflicht thun. Ich werde mit den Leuten mal ernstlich reden.

Johann. Herr Paster, Herr Paster! das lassen se ock unterwäjens. Hie iis jedes Woort imsuste.

Kittelhaus. Lieber Herr Dreißiger, noch ein Wörtchen. Ich möchte Sie bitten: stellen Sie Leute hinter die Thür, und lassen Sie sogleich hinter mir abschließen.

Frau Kittelhaus. Ach, willst Du das wirklich, Joseph?

Kittelhaus. Ich will es. Ich will es. Ich weiß, was ich thue. Hab' keine Sorge, der Herr wird mich schützen.

Frau Kittelhaus (drückt ihm die Hand, tritt zurück und wischt sich Thränen aus den Augen).

Kittelhaus (indeß von unten herauf ununterbrochen das dumpfe Geräusch einer großen, versammelten Menschenmenge heraufdringt). Ich werde mich stellen… Ich werde mich stellen, als ob ich ruhig nach Hause ginge. Ich will doch sehen, ob mein geistliches Amt… ob ich nicht mehr so viel Respekt genieße bei diesen Leuten… Ich will doch sehen… (Er nimmt Hut und Stock). Vorwärts also, in Gottes Namen. (Ab, begleitet von Dreißiger, Pfeifer und Johann.)

Frau Kittelhaus. Liebe Frau Dreißiger, (sie bricht in Thränen aus und umhalst sie) wenn ihm nur nicht ein Unglück zustößt!

Frau Dreißiger (wie abwesend). Ich weeß garni, Frau

Pastern, mir is a so... Ich weeß garni, wie mir zu mutte is. So was kann doch reen garni menschenmeeglich sein. Wenn das a so is ... das is ja grade, als wie wenn's Reichthum a Verbrechen wär. Sehn'S ock, wenn mir das hätte Jemand gesagt, ich weeß garni, Frau Pastern, am ende wär ich lieber in mein' kleenlichen Verhält=
nissen drinne geblieben.

Frau Kittelhaus. Liebe Frau Dreißiger, es giebt in allen Verhältnissen Enttäuschungen und Aerger genug.

Frau Dreißiger. Nu freilich, nu freilich, das denk ich mir doch och ebens. Und das mir mehr haben, als andere Leute ... nu Jes's, mir haben's doch och nich gestohlen. 'S is doch Heller fer Fennig uf rechtlichem Wege erworben. So was kann doch reen garni meeglich sein, daß die Leute iber een her=
fallen. Is denn mein Mann schuld, wenn's Geschäfte schlecht geht? (Von unten herauf bringt tumultuarisches Gebrüll. Während die beiden Frauen noch bleich und erschrocken einander anblicken, stürzt Drei=
ßiger herein.)

Dreißiger. Rosa, wirf Dir 'was über und spring in den Wagen, ich komme gleich nach! (Er stürzt nach dem Geldschrank, schließt ihn auf und entnimmt ihm verschiedene Werthsachen.)

Johann (kommt). Alls bereit. Aber nu schnell, eebs Hingerthor vund besetzt iis.

Frau Dreißiger (in panischem Schrecken den Kutscher umhalsend). Johann, liebster, bester Johann! Rett' uns, aller aller allerbester Johann! Rette meine Jungen, ach, ach...

Dreißiger. Sei doch vernünftig! Laß doch den Johann los.

Johann. Madame, Madame! Sein 's ock ganz geruhich. Inse Rappa sein gutt imstande, die hullt kenner ei, war de ni beiseite giht, werd ibergefahrn. (Ab.)

Frau Kittelhaus (in rathloser Angst). Aber mein Mann? Aber ... aber mein Mann? Aber, Herr Dreißiger, mein Mann?

Dreißiger. Frau Paster, Frau Paster, er is ja gesund. Beruhigen Sie sich doch nur, er is ja gesund.

Frau Kittelhaus. Es ist ihm 'was Schlimmes zugestoßen. Sie sagen's blos nich, Sie sagen's blos nich.

Dreißiger. O lassen Sie's gut sein, die werden's bereun. Ich weiß ganz genau, wessen Hände dabei waren. Eine so namenlose, schamlose Frechheit bleibt nich ungeroch'n. Eine Gemeinde, die ihren Seelsorger mißhandelt, pfui Teufel! Tolle Hunde, nichts weiter, toll gewordene Bestien, die man demgemäß behandeln wird. (Zu Frau Dreißiger, die wie betäubt dasteht.) Nu so geh' doch und rühr' Dich! (Man hört schlagen gegen die Hausthür.) Hörst Du denn nich, das Gesindel ist wahnsinnig geworden. (Man hört Klimpern von zerbrechenden Scheiben, die im Parterre eingeworfen werden.) Das Gesindel hat den Sonnenkoller. Da bleibt nichts übrig, wir müssen machen, daß wir fortkommen.

(Man hört vereint rufen: „Expedient Feifer sull rauskumma!" — Expedient Feifer sull rauskumma!")

Frau Dreißiger. Feifer, Feifer, sie wollen Feifer raushaben.

Pfeifer (stürzt herein). Herr Dreißicher, am Hingerthor stehn o schunn Leute. De Hausthir hält keene drei Minuten mehr. D'r Wittichschmied haut mit an Färbeeimer druf nei wie a Unsinnicher. (Von unten Gebrüll lauter und deutlicher: „Expedient Feifer sull rauskumma! — Expedient Feifer sull rauskumma!")

Fr. Dreißiger (rennt davon, wie gejagt; ihr nach Frau Kittelhaus. Beide ab).

Pfeifer (horcht auf, wechselt die Farbe, versteht den Ruf und ist im nächsten Moment von wahnsinniger Angst erfaßt. Das folgende weint, wimmert, bettelt, winselt er in rasender Schnelligkeit durcheinander. Dabei überhäuft er Dreißiger mit kindischen Liebkosungen, streichelt ihm Wangen und Arme, küßt seine Hände und umklammert ihn schließlich, wie ein Ertrinkender, ihn dadurch hemmend und fesselnd und nicht von ihm loslassend). Ach liebster, scheenster, allergnädigster Herr Dreißicher, lussen se mich nich zuricke, ich hab ihn immer treu gedient; ich hab och de Leute immer gutt behandelt. Meeh Lohn, wie festgesetzt war, kunt ich'n doch nich geben. Verlassen Se mich nich, Se machen mich kalt. Wenn se mich finden, schlagen se mich todt. Ach Gott im Himmel, ach Gott im Himmel! Meine Frau, meine Kinder...

Dreißiger (indem er abgeht, vergeblich bemüht, sich von Pfeifer loszumachen). Lassen Sie mich doch wenigstens los, Mensch! Das wird sich ja finden; das wird sich ja alles finden. (Ab mit Pfeifer.)

(Einige Secunden bleibt der Raum leer. Im Salon zerklirren Fenster. Ein starker Krach durchschallt das Haus; hierauf brausendes Hurrah! danach Stille. Einige Secunden vergehen, dannn hört man leises und vorsichtiges Trappen die Stufen zum ersten Stock empor, dazu nüchterne und schüchterne Ausrufe: „links!" „nuba nuff!" „pscht!" „tuse! tuse!" „schipp ock ni!„ „hilf scherja!" „praaß, ha ich a Ding!" „macht furt ihr Werjebänder!" „mir gihn zur Hurt!" „gih Du nei!" „o gih Du!"

Es erscheinen nun junge Weber und Webermädchen in der Flurthür, die nicht wagen einzutreten, und eines das andere hereinzustoßen suchen. Nach einigen Secunden ist die Schüchternheit überwunden, und die ärmlichen, mageren, theils kränklichen, zerlumpten oder geflickten Gestalten vertheilen sich in Dreißigers Zimmer und im Salon, alles zunächst neugierig und scheu betrachtend, dann belastend. Mädchen versuchen die Sofas, es bilden sich Gruppen, die ihr Bild im Spiegel bewundern. Es steigen einzelne auf Stühle, um die Bilder zu betrachten und herabzunehmen, und inzwischen strömen immer neue Jammergestalten vom Flur herein.)

Erster alter Weber (kommt). Nee, nee, do lußt mich aber doch zufriede! Dunda do fanga se gar schunn a und richta an Sache zugrunde. Nu die Tollheet! Do is doch kee Sinn und kee Verstand o ni dinne. Ins Ende wird das no gar für a biise Ding. Warde hie an hella Koop behellt, dar macht ni miite. Ich war miich ein Obacht nahma und war miich a sujchta Untoota betheilicha.

(Jäger, Bäcker. Wittich mit einem hölzernen Eimer, Baumert und eine Anzahl junger und alter Weber kommen, wie auf der Jagd nach etwas hereingestürmt, mit heiseren Stimmen durcheinander rufend.)

Jäger. Wu iis a hie?
Bäcker. Wu iis dar Menschaschinder?
Baumert. Kinn mir Gras frassa, friß du Sägespäne.

Wittich. Wenn m'rn kriecha, knippa mer'n uuf.

Erster junger Weber. Mir nahma'n bei a Benn und schmeißa'n zum Fanster naus, uff de Steene. Das ar baal ser immer liecha bleit.

Zweiter junger Weber (kommt). A iis furt über alle Barche.

Alle. War denn?

Zweiter junger Weber. Dreißicher.

Bäcker. Feiser o?

Stimmen. Sicht Feisern! sicht Feisern!

Baumert. Such, such Feiserla, s' iis a Waberschmann auszuhingern. (Gelächter.)

Jäger. Wenn mersch o ni kriecha, das Dreißicherviehch..., arm sool a warn.

Baumert. Arm sool a warn, wie ane Kerchamaus. Arm sool a warn: (Alle stürmen in der Absicht zu demoliren auf die Salonthüre zu.)

Bäcker (der voran eilt, macht eine Wendung und hält die Andern auf.) Halt, hiert uuf miich! Sei mer hie fartich, do fang m'r irscht recht a. Bu hie aus gih m'er no d'r Biele niber, zu Dittricha, dar de di mechanscha Wabstihle hoot. Das ganze Aelende kimmt vo a Fabrika.

Der alte Ansorge (kommt vom Flur herein. Nachdem er einige Schritte gemacht, bleibt er stehen, sieht sich ungläubig um, schüttelt den Kopf, schlägt sich vor die Stirn und sagt). War binn iich? D'r Waber Anton Ansorge. Is a verruckt geworn, Ansorge? 'S iis wahr, miit mir dreht sich's im's Kreisla rim wie an Bremse. Was macht a hier? Was a lustig iis, werd a wull macha. Bu iis a hier, Ansorge? (Er schlägt sich wiederholt vor den Kopf.) Ich bin ni gescheut! Ich stih ser nischt. Ich binn ni recht richtig. Gitt weg, gitt weg! Gitt weg, Ihr Rebeller! Kupp weg, Beene weg, Hände weg. Nimmst du m'r mei Häusla, nahm ich d'r dei Häusla. Immer druff! (Mit Geheul ab in den Salon. Die Anwesenden folgen ihm mit Gebrüll und Gelächter.)

Ende des vierten Aktes.

Fünfter Akt.

Personen des fünften Aktes.

Bäcker.
Moritz Jäger.
Der alte Baumert.
Wittich.
Hornig.
Der alte Hilse, Weber.
Seine Frau.
Gottlieb, sein Sohn.
Luise, dessen Frau.
Schmidt, Chirurgus.
Junge und alte Weber und Weberfrauen.

(Langen-Bielau. — Das Weberstübchen des alten Hilse. Links ein Fensterchen, davor ein Webstuhl, rechts ein Bett, dicht daran gerückt ein Tisch. Im Winkel rechts der Ofen mit Bank. Um den Tisch, auf Ritsche, Bettkante und Holzschemel sitzend: der alte Hilse, seine ebenfalls alte, blinde und fast taube Frau, sein Sohn Gottlieb und dessen Frau Luise, bei der Morgenandacht. Ein Spulrad mit Garnwinde steht zwischen Tisch und Webstuhl. Auf den gebräunten Deckbalken ist allerhand altes Spinn-, Spul- und Webegeräth untergebracht. Lange Garnsträhne hängen herunter. Vielerlei Praßt liegt überall im Zimmer umher. Der sehr enge, niedrige und flache Raum hat eine Thür nach dem „Hause" in der Hinterwand. Dieser Thür gegenüber im „Hause" steht eine andere Thür offen, die den Einblick gewährt in ein zweites, dem ersten ähnliches Weberstübchen. Das Haus ist mit Steinen gepflastert, hat schadhaften Putz und eine baufällige Holztreppe hinauf zur Dachwohnung. Ein Waschfaß auf einem Schemel ist theilweise sichtbar: ärmlichste Wäschestücke, Hausrath armer Leute steht und liegt durcheinander. Das Licht fällt von der linken Seite in alle drei Räumlichkeiten.)

Der alte Hilse (ein bärtiger, starkknochiger, aber nun von Alter, Arbeit, Krankheit und Strapazen gebeugter und verfallener Mann. Veteran, einarmig. Er ist spitznasig von fahler Gesichtsfarbe, zittrig, scheinbar nur Haut, Knochen und Sehne und hat die tiefliegenden, charakteristischen, gleichsam wunden Weberaugen. — Nachdem er sich mit Sohn und Schwiegertochter erhoben, betet er:) Du lieber Herrgoot, mir kinn Dir gar nee genung Dank bezeicha, daß Du ins au diese Nacht ei denner Gnade und Gitte... und hust Dich inser erbarmt. Das mir au diese Nacht ni han ken'n Schada genumma. „Herr Deine Gitte reicht so weit", und mir sein arme, biese

sindhafte Menschakinder, ni waart, daß bei Fuuß ins
zertritt, a su sindhaftich und ganz verderbt sein miir.
Aber Du lieber Vater willst ins asahn und anahma
im Deines teuren Sohnes inses Herrn un Heilands
Jesus Christus willen. „Jesu Blutt und Gerechtig=
keit, das iis mein Schmuck und Ehrenkleid." Und
wenn au miir, und mer wern manchmol kleemittich
under Denner Zuchtrutte — wenn, und der Ulwa
d'r Leutrung und brennt gar zu rasnich heeß — do
rechs ins ni zu huch a, vergieb ins inse Schuld.
Gibb ins Geduld, himmlischer Vater, daß mir nach
diesem Leeden und wern theelhoftig Deiner ewiga
Sälichkeet, amen.

Mutter Hilse (welche vorgebeugt mit Anstrengung gelauscht hat,
weinend). Nee, Vaterla, Du machst a zu a schii Gebaate
machst' Du immer.
(Luise begiebt sich an's Waschfaß, Gottlieb in's gegenüberliegende Zimmer.)
Der alte Hilse. Wu iis denn's Maadel?
Luise. Nüber no Piterschwaal — zu Dreißichern.
Se hoot wieder a par Strähne verspult nächt'n
Obend.
Der alte Hilse (sehr laut sprechend). Na, Mutter,
nu waar iich D'r sch Nadla brenga.
Mutter Hilse. Nu brängs, brängs, Aaler.
Der alte Hilse (das Spulrad vor sie hinstellend). Sieh
ock, iich welt D'r sch ju zu gerne abnahma...
Mutter Hilse. Nee .. nee .. was thät ock iich
asanga mit dar viela Zeit!?
Der alte Hilse. Ich war D'r de Finger a
wing abwischa, das nee ernt's Garn und werd settich —
hirscht (Er wischt ihr mit einem Lappen die Hände ab.)
Luise (vom Waschfaß). Wu hätt' mir ock Fettes gassa!?
Der alte Hilse. Homm mer tee Fett's, ass me'r sch
Bruut treuche — homm mer kee Bruut, ass mer Kartuffeln
— homm mer keene Kartuffeln au ni, do ass mer rockne
Kleee.

Luise (bazich). Und homm mer tee Schwarzmahl, do macha mer'sch wie Wenglersch dunba, do sah m'r dernooch, wuu d'r Schnder a verreckt' Farb hoot verschorrt das graba m'r aus, und do laba mer a mol a par Wucha vo Luder —: a ju mach mer'sch! nuwohr'?
Gottlieb (aus dem Hinterzimmer). Was Geier huſt Du fer a Geſchwutze!?
Der alte Hilſe. Du ſelltſt Dich meh virjahn miit gottloſa Räda! (Er begiebt sich an den Webstuhl, ruft). Wullſt m'r ni halſa, Gootlieb — 's ſein ock a par Fadla z'un Dorchziehn.
Luiſe (vom Waſchfaß aus). Gootlieb, ſullſt Vatern zureedja.
(Gottlieb kommt. Der Alte und sein Sohn beginnen nun die mühſame Arbeit des „Kammſtechen": Fäden der Werfte werden durch die Augen der Kämme oder Schäfte am Webstuhl gezogen. Kaum haben sie begonnen, so erscheint im „Hauſe" Hornig.
Hornig (in der Stubenthür). Viel Glück zum Handwerk!
Der alte Hilſe und Sohn. Schiin Dank, Hornich! Nu ja amol, wenn ſchläfſt Du d'n eenklich? Bei Tage gihſt uf a Handel, ei dr Nacht ſtihſt de uf Wache.
Hornig. Ich ha doch gar kenn Schlof nimeh!....?
Luiſe. Willkommen, Hornich!
Der alte Hilſe. Na was brängſt Du Gudes?
Hornig. Schiine Neuichkeeten, Meeſter. De Piterſchwaaler han amool an Teiwel riskirt und han a Fabrekant Dreißicher mit ſamſt der ganza Familche zum Luche naus gejat.
Anna (mit Spuren von Erregung). Hornich leucht wieder amol ei a hella Murja nei.
Hornich. Dasmol ni Jungefrau! dasmol ni. — Schiine Kinderſcherzla hätt' iich ein Waanla. Nee nee iich ſa reene Warheet. Se honn a heilich furtgejat. Geſten Dobend iis a no Reechenbach kumma. Na Gott zu Dir! Do han'j'a doch ni irſcht amool wullt behaaln, — aus Forcht ver a Wabern, — do hoot a doch pluze wieder furtgemußt uf Schweinz nei —

Der alte Hilſe (Er nimmt Fäden der Werfte vorſichtig auf und bringt ſie in die Nähe des Kammes, durch deſſen eines Auge der Sohn von der anderen Seite mit einem Drahthäkchen greift, um die Fäden hindurchzuziehen.) Nu huſt' aber Zeit, das 't uuſhirſcht, Hornich!

Hornig. Ich wil ni nuit heela Knucha vo d'r Stelle gihn. Nee, nee, das wiß ju baal jedes Kind.

Der alte Hilſe. Nu ja amool, biin iich nu verwerrt, aber biſt Du verwerrt.

Hornig. Nu das heeßt. Was iich Dir d'rzahlt, ha, das iis a ſu wohr, wie Amen ei d'r Kerche; iich wälde ju niſcht ſan, wenn iich und iich hätt ni d'rbeine geſtanda, aber a ſu ha iichs doch geſahn. Miit eegna Oga, wie ich Diich hie ſahn thu, Gootlieb. Geteemlirt hann ſe'n Fabrikanta ſei Haus, unda vum Kaller uuf biis uba ruff unber de Daachreiter. Aus a Koſchbern hann ſe's Porzlan geſchmiſſa — immer iberſch Daach nunder. Wie viel hundert Schoock Purcha liecha ock ei d'r Baache?! 'S Waſſer kan nimeh ſurt, kanſt's gleeba, 's kam immer iber a Rand riber gewellt, 's ſag nrntlich ſchwiſelblo aus vu dann viela Indigo, dan ſe han aus a Fauſtern geſchutt. Die himmel= bloa Stobwulka, die kama ock immer a ſu gepulwert. Nee, nee, durt han ſe ſchumm färchterlich geäſchert. Ni ock ernt eim Wohnhauſe.... Ei d'r Farberei... uuf a Speichern...! 'S Treppageländer zerſchlau, de Diela uufgeriſſa — Spiegel zertrimmert — Sooſa, Seſſel, alls zerriſſa und zerſchliſſa, zerſchnüta und zer= ſchmiſſa — zertrata und zerhackt — nee verpucht! — kanſt's gleeba, ſchlimmer wie eim Kriege.

Der alte Hilſe. Und das ſelba hichte Waber gewaſt ſein!? (Er ſchüttelt langſam und ungläubig den Kopf. An der Thür haben ſich neugierige Hausbewohner geſammelt).

Hornig. Nu, was denn juſter? Ich keunde ju alle mit Nama genenn. Ich ſuhrt a Landroth dorch's Haus. Do ha iich ju miit viela geredt. Sie warn a ſu iumgänglich, wie juſter. Se machta ihre Sache a ſu tuſe weg, aber ſe machta's grindlich. D'r Land=

roth redte miit viela. Do warn se a su teemittich wie suster. Aber abhaln lißa se sich ni. Die schinsta Mebelsticke, die worda zerhackt, eglganz wie fersch Luhn.

Der alte Hilse. A Landroth hättst Du dorchs Haus gefiehrt?

Hornig. Nu, iich war miich doch ni ferchta. Ich biin doch bekannt bei da Leuta, wie a biise Greschla. Ich ha doch miit kenn nischt. Sich stih doch miit alla gutt. A su gewiiß, wie iich Hornich heeße, a su wohr biin iich durchganga. Und er kinnt's rreiste gleeba —: mir iis urntlich weech wurn hie rim — und 'n Landroth, dann sag iich's will an a — 's ging 'n nohnde gennug. Denn warum? — Ma hirte au no ni amool a eenzichtes Woort, a su schweigs'n ging's har. Urntlich feierlich warb een zu Mutte, wie die arma Hungerleider und nama amool ihre Rache — dohie.

Luise (mit ausbrechender, zitternder Erregung. Zugleich die Augen mit der Schürze reibend). A su iis ganz recht, a su muß kumma!

Stimmen der Hausbewohner. „Hie gäbs o Menschaschinder gennug." „Do diiba wohnt glei enner." „Daar hoot vier Faare und sechs Kutsch= wahne eim Stalle und läßt seine Waber d'rfüre hingern."

Der alte Hilse (immer noch ungläubig.) Wie selde das a su rauskumma sein, durt diiba?

Hornig. War wiß' nu!? War wiß' au!? Enner spricht a su, d'r andre a su.

Der alte Hilse. Was sprecha se denn?

Hornig. Na, Gott zu Dir, Dreißicher selde gesat hon: de Waber kenda ju Gras frassa, wenn se hingern täta. Ich wiß nu wetter ni.

(Bewegung auch unter den Hausbewohnern, die es einer dem andern unter Zeichen der Entrüstung weiter erzählen.)

Der alte Hilse. Nu hiir amool, Hornich. Du

7*

kennſt mer meinswächn ſan: Vater Hilſe, murne mußt Du ſtarba. Das kan ſchun meeglich ſein, werd' iich ſprecha — worim denn ni? — Du kennſt mer ſan: Vater Hilſe, murne beſicht Dich d'r Kecnich du Preiſſen — aber das Waber, Menſche wie iich und mei Suhn — und ſelba ſuchte Sacha han virgehat. Nimmermeehr! Nii und nimmer war iich das gleeba.

Mielchen (ſiebenjähriges, hübſches Mädchen, mit langen, offenen Flachshaaren, ein Körbchen am Arm, kommt hereingeſprungen. Der Mutter einen ſilbernen Eßlöffel entgegenhaltend). Mutterla, Mutterla! ſihch ock, was ich ha! Do ſullſt mer a Kleebla d'rfire keeſa.

Luiſe. Was kimmſt 'n Du a ſu gejahdert, Madel? (Mit geſteigerter Aufregung und Spannung.) Was brengſt 'n do wieder geſchloppt, ſa amool. Du biſt ju ganz hinger a Oden kumma. Und de Feiſla ſein no eim Kirbla. Was ſool denn das heeßa, Madel?

Der alte Hilſe. Madel, wu huſt Du dann Leffel har?

Luiſe. Kan ſein, ſe hoot a gefunda.

Hornig. Seine zwec, drei Thaler iis bar gutt warth.

Der alte Hilſe (außer ſich). Naus, Madel! naus! Glei machſt das b' naus kimmſt. Werſcht Du glei ſulcha, aber ſool iich an Prichel nahma?! Und dann Leffel träſt hie, wuſt' a haar huſt. Naus! Willſt Du ins olle miitſamma zu Dieba macha, hä? Dare, Dir war ich's mauſa austreiba (er ſucht etwas zum hauen).

Mielchen (ſich an der Mutter Röcke klammernd, weint). Gruuß= vaterla, hau mich nee — mer — han's — doch ge—gefunda. De — Spul... Spul — Kinder — hon — alle — welche.

Luiſe (zwiſchen Angſt und Spannung hervor ſtoßend). Nu doo ſiſt's doch, gefunda hoot ji's. Wu huſt's denn ge= funda?

Mielchen (schluchzend). Ei Piterſch — waal hom — merſch ge—funda, ver Dreißicherſch — Hauſe.

Der alte Hilſe. Nu do hätt m'r ju de Be=ſchärung. Nu mach aber lang, ſuſter war ich d'r nuf a Trabb halfa.

Mutter Hilſe. Was giht denn vür?

Hornig. Itz wiil iich dr was ſan, Vater Hilſe. Luß Gootlieba a Roock aziehn, a Leſſel nahma und uuf's Amt tran.

Der alte Hilſe. Gootlieb, ziech d'r a Roock a!

Gottlieb (ſchon im Anziehen begriffen, eifrig). Und do war iich uf de Kanzlei giihn und ſprecha: ſe ſelda's ni ibel nahma, a ju a Kind hätte halt doch no ne a ju's Verſtändniß dervoone. Und doo brächt iich da Leſſel. Hier unſ zu ſtern Madel!
(Das weinende Kind wird von ſeiner Mutter in's Hinterzimmer gebracht, beſſen Thür ſie ſchließt. Sie ſelbſt kommt zurück.)

Hornig. Seine drei Thaler kan dar gutt warth han.

Gottlieb. Gieb ock a Tichla, Anna, daß a nee zu Schada kimmt. Nee nee, a ſu, a ſu a teuer Dingla (er hat Thränen in den Augen, während er den Löffel einwickelt.)

Luiſe. Wenn mir a hätta, kennt mer viele Wucha laba.

Der alte Hilſe. Mach, mach, feder Dich! Feder Dich a ſu ſihr, wie de kannſt! Das wär a ju was! Das fahlt' mer noo grade. Mach, das mer da Satansleffel vum Halſe kriecha.
(Gottlieb ab mit dem Löffel.)

Hornig. Na nu war iich au ſahn, das ich wetter kumme. (Er geht, unterhält ſich im Hauß noch einige Sekunden, dann ab.)

Chirurgus Schmidt (ein queckſilbriges, rügliches Männchen mit weinrothem, pfiffigem Geſicht kommt in'z Haus). Gu'n morgen, Leute! Na, das ſind m'r ſcheene Geſchichten. Kommt mir nur! (Mit dem Finger drohend.) Ihr habt's dick hinter'n Ohren.
(In der Stubenthür, ohne herein zu kommen.) Gu'n morgen, Vater

Hilfe! (Zu einer Frau im „Hause".) Nu Mutterle, wie steht's midn Reißen? Besser, wie? Na säht ihr woll. Vater Hilse, ich muß doch och mal schaun, wie's bei Euch aussieht. Was Teuwel, is denn dem Mutterle?
Luise. Herr Ducter, de Lichtoodern sein er vertreuncht, se sitt gar gar nischt meh.
Chirurgus Schmidt. Das macht der Staub und das Weben bei Licht. Na sagt amal, kennt ihr Euch dariber 'u Versch machen? Ganz Peterschwaldau is ja auf'n Beinen hierriber. Ich setz mich heut frieh in meinen Wagen, denke nischt ibels, nicht mit einer Faser. Höre da förmlich Wunderdinge. Was in drei Teiwels Namen ist denn in die Menschen gefahren, Hilse? Wüthen da wie ein Rudel Welse. Machen Revolution, Rebellion; werden renitent, plündern und marodiren... Mielchen! wo iß denn Mielchen? (Mielchen, noch roth vom Weinen, wird von der Mutter herein geschoben.) Da, Mielchen, greif mal in meine Rockschöße. (Mielchen thut es.) Die Fesserniße sind Deine. Na, na; nich alle auf einmal. Schwernotsmädel! Erst singen! Fuchs du hast die... na? Fuchs du hast die... Gans... Wart nur Du, was Du gemacht hast: Du hast ja die Sperlinge uf'n Pfarrzaune Stengel= scheißer genannt. Die haben's angezeigt bei'm Herr Kanter. Na nu sag blos ein Mensch. An finfzehn= hundert Menschen sind auf der Achse. (Fernes Glockenläuten.) Hört mal: — in Reichenbach leuten sie Sturm. Finf= zehnhundert Menschen. Der reine Weltuntergang. Unheimlich!

Der alte Hilse. Do kumma si werklich hieriber no Bielau?

Chirurgus Schmidt. Nu freilich, freilich, ich bin ja durchgefahren. Mitten durch a ganzen Schwarm. Am liebsten wär ich abgestiegen und hätte glei jed'm a Pilwerle gegeben. Da trottelt eener hinter'm andern her, wie's graue Elend und versieren ein Gesinge, daß een fermlich a Magen umwendt, daß een richtig zu wirchen anfängt. Mei Friedrich uf'm Bocke, der hat genatscht wie a alt Weib. Mir mußten uns glei d'rhinter her 'n tichtichen Bittern tofen. Ich mechte tee Fabrifante sein, und wenn ich gleich uf Gummi= rädern fahr'n fennte. (Fernes Singen.) Horcht mal! Wie wenn man mit a Knecheln 'n alten, zerfprungenen Bunzeltopp bearbeitt. Kinder, das dauert nich fünf Minuten, da hammerfche hier. Adje Leute. Macht keene Dummheiten. Militär kommt gleich dahinter her. Bleibt bei Verstande. Die Peterswaldauer ham a Verstand verloren. (Nahes Glockenläuten.) Himmel nu fangen unfere Glocken auch noch an, da müffen ja die Leute vont ganz verrift werd'n. (Ab in den Oberstock.)

Gottlieb (kommt wieder. Noch im „Hause" mit fliegendem Athem) Ich ha fe gefahn, ich ha fe gefahn. (Zu einer Frau im „Hause".) Se fein do, Muhme, fe fein do! (Zu der Thür.) Se fein do, Vater, fe fein do! Se hon Bumm= ftanga und Stichliche und Hacka. Se ftihn fchunn bei'm überschta Dittriche und macha Randal. Se kriacha glee Geld ausgezahlt. O jes's, was werd ock no waarn dohie? Ich fah ni hii. A fu viel Leute, nee a fu viel Leute! Wenn die ufcht, und nahma an Alauf — o verpucht, o verpucht! do fein infe Fabrifanta o bloo dra.

Der alte Hilfe. Was bift' n a fu gelaufa. Du werfcht a fu lange fächa, bifte werfcht wieder amool bei aales Leida han, bifte werfcht wieder amool uf'n Ricka licha und im dich fchlan.

Gottlieb (halb und halb freudig erregt). Nu ich mußte doch laufa, fufter hätta die mich ju feste gehaln. Se prillta ju fchun alle: ich felde de Hand an hierecka. Pat' Baumert war o dr'beine. Dar meent' über mich, hull d'r an an Finfbihmer, du bift o a armer Hunger= leider. A fate gar: ja du's denn Vater.... Ich feld's ihn fahn, Vater, fe felda kumma und felda nüit halfa a Fabrikanta de Schindrei heemzahln. (Mit Leldenschaft.) 's kama jitzt andre Zeita, meent' a. Jitzt thät a ganz andre Ding warn miit ins Wabern. Mr selba alle kumma und's miithalfa dorchsetza. Mir welda alle itzt o inse Halbfindla Fleesch zum Sunn= tiche han, und a alla heiliga Taga amool an Blutt= wurschst und Kraut. Das thät jitzt alls a ganz andre Gesichte kriicha, meenta iber miich.

Der alte Hilse (mit unterbrückter Entrüstung). Und das wiil bei Pate sein?! Und heeßt diich a an sujta sträflicha Werke miit theelnahma?! Luß du diich nee ei fujte Sacha ei, Gootlieb. Do hoot d'r Teifel seine Hand im Spiele. Das iis Satansarbeit, was die macha.

Luise (übermannt von leidenschaftlicher Aufregung, heftig). Ju, ju, Gootlieb, kasser du dich hinger a Uwa ei de Helle, nimm d'r an Koochleffel ei de Hand und a Schißferla Puttermilch uuf de Knie, ziech d'r a Reckla a und spriich Gebaatla a, su bist'n Vater recht. — Und das wiil a Man sein?

(Lachen der Leute im „Hause".)

Der alte Hilse (bebend mit unterdrückter Wuth). Und du willst an richt'che Frau sein, hä? Do war ich drsch amool urutlich san. Du willst an Mutter sein und hust a su a meschantes Maulwerk dohie. Du willst de'nn Madel Lihrn gahn und hetzt den'n Man uuf zu Verbrecha und Ruchlosichkeeta?!

Luise (maßlos). Miit eura bigotta Räda.... dodervone do iis mer o no ni amool a Kind sat geworn. Derwegen han se gelahn, alle viere ei Un= floot und Lumpa. Do wurd no ni amool a enzichte Winderla treuche. Ich wiil an Mutter sein, daß wißt! und derwegen, daß wißt, winsch ich a Fabrikanta de Helle und de Pest ei a Racha nei. Ich biin ebens an Mutter. — Drhält ma wull a ju a Wärmla?! Ich ha meh geflennt wie Oden gehult, vo dann Auchablicke a, wu a ju a Hiperla uuf de Welt kam, bis d'r Tuut und drbarmte siich drüber. Ihr hat euch an Teiwel geschiirt. Ihr hatt gebatt und gesunga, und iich ha m'r de Fiiße bluttich gelaufa nooch an eenzichta Neegla Puttermilch. Wie viel hundert Nächte ha ich nier a Kupp zerklaubt, wie iich ock und iich keinde a su a Kindla ock a eenzich mol im a Kerchhoof rimpascha. Was hoot a su a Kindla verbrocha, hä? und muß a su a elendigliches Ende naahma — und düba bei Dittricha, do wern se ei Wein gebadt und mit Milch gewascha. Nee, nee! wenn's hie lusgiht — ni zahn Jaare sulln miich zuricke haaln. Und das ja iich: sterma se Dittrichas Gebäude — iich biin de Irschte — und Gnade jeden dar miich wiil abhaaln. — Ich has a sat, a su viel stiht feste.

Der alte Hilse. Du bist gar verfalln, dir iis ni zu halfa.

Luise (in Raserei). Euch iis nee zu halfa. Lappärsche seid ihr. Haderlumpe aber keene Manne. Gattschliche zum aseecha. Weechquorggesichter, bide fer Kinderklappern reißaus nahma. Karle, die dreimool „schiin dank" san fer an Tracht Prügel. Euch han se de Dodern a su laar gemacht, das der ni amool meh kint ruut alaufa ein Gesichte. An Peitsche selt ma nahma und euch a Kriin eilbleun ei eure faula Knucha. (Schnell ab.)

(Verlegenheitspause.)

Mutter Hilse. Was iis denn miit Lisla'n, Vater?

Der alte Hilse. Nischte, Mutterla. Was sool denn sein?!

Mutter Hilse. Sa amool, Vaterla, macht mirsch blussich a su was viir, aber leuta de Glocka?

Der alte Hilse. Se wern enn begraba, Mutterla.

Mutter Hilse. Und miit mir wiils halt immer

noo kee Ende nahma. Worim starb iich ock gar nee, Man?

(Pause.)

Der alte Hilse (läßt die Arbeit liegen, richtet sich auf, mit Feierlichkeit). Gootlieb! — Dei Weib hoot ins a sunne Sacha gesat. Gootlieb, siehsch amool haar! (Er entblößt seine Brust.) Dohie saß a Ding, a su gruß wie a Fingerhutt. Und wu iich men'n Arm ha gelussa, das wiß d'r Keenich. De Mäuse hom mer'n ni abgefrassa. (Er geht hin und her.) Dei Weib — a die duchte noo gar kee Mensch, do ha iich schunn mei Blutt quartweise versch Vaterland verspritzt. Und deshalba mag se piern, a su viel wie se Lust hoot. — Das sool mir recht sein. Das iis mir Schißkojenne. Ferchta? Ich und miich ferchta? Vor was denn ferchta, sa m'r a eenzichte mool. Vu da Par Suldata, die de verleicht und kumma hinger a Rebellern har? O Jekerla! wärsch doch! Das wär halb schlimm. Nee, nee, wenn iich schunn a wing mursch biin uuf a Ricka droot. — Wenn's drnuf akimmt, ha ich Knucha wie Hellwenbeen. Do nahm iich's schunt no uuf miit a par lumpichta Bajonettern. — Na und wenn's gar schlimm käm!? O viel zu gerne, viel zu gerne thät iich Feirobend macha. Zum Starba ließ iich miich gewiß ni lange bitta. Lieber heut wie murne. Nee, nee. Und's wär o gar! denn was verläßt ee's denn? Dann aala Marterkasta werd ma doch ni erst beweina? Das Hessla Himmelsangst und Schinderei do, das ma Laba nennt, das liß ma gerne genung eim Stiche — Aber dann, Gootlieb! dann kimmt was — und wenn ma sich das au no bescherzt — dernort iß vuut ganz alle.

Gottlieb. War wiß, was kimmt, wenn ee's tut iis? Gesahn hoots kenner.

Der alte Hilse. Ich sa d'rsch, Gootlieb! zweifle ni a dann Enzichta, was mir arma Mensche han.

Ver was hätt iich denn hie gejassa — und Schemmel getrata uuf Murd verzich und meh Johr? und hätte mich zugejahn, wie daar durt diiba ei Hoffart und Schwelgerei labt — und Guld macht aus men'n Hunger und Kummer. Ver was denn? Weil iich an Hoffnung ha. Ich ha was ei aller dar Nuth. (Durch's Fenster weisend.) Du hust hie deine Parte — iich diiba ei jenner Welt: das ha iich gedacht. Und iich luß miich virteeln — iich ha an'n Gewißheet. Es ist uns verheißen. Gericht werd gehalten: aber nich mir sein Richter, sundern: mein iis die Racha, spricht dr Herr, inse Gott.

Eine Stimme (durch's Fenster). Waber raus!

Der alte Hilse. — Ver mir — macht was dr lustich seid. (Er steigt in den Webstuhl.) Miich werd'r woll missa diene loon.

Gottlieb (nach kurzem Kampf). Ich war gihn und war arbta. Maag kumma, was wiil. (Ab. Man hört das Weberlied, vielhundertstimmig und in nächster Nähe gesungen; es klingt wie ein dumpfes monotones Wehklagen.)

Stimmen der Hausbewohner (im „Hause".) „O jemersch, jemersch, mi kumma se aber wie de Domsa." — „Wu sein ock die viela Waber har?" — „Schipp ock ni, iich wiil oo was sahn." — „Nu siehch ock die lange Latte, die de vurna weg giht." — „Ach! ach! mi kumma se knippeldicke!"

Hornig (tritt unter die Leute im „Hause"). Gell, das iis amool a su a Tiater? A ju was sitt ma ni alle Tage. Ihr sullt't ock ruf kumma zum überichta Dittriche. Do han se schunn wieder a Ding gemacht, das an Art hoot. Daar hoot kee Haus nimeh, keene Fabricke nimeh — keen Weinkaller nimeh, kee garnischte meh. Die Flaschla, die sausa se aus . . . Do nahma se jich gar ni irscht amol Zeit de Fruppa rauszureißa. Ees, zwee, drei, sein de Hälse runder. Eeb je sich 's Maul uffschneida mit a Scherba aber ni. Manche

laufa rim und blutta wie de Schweine. — Nu warn
se dan hüchta Dittrich au noo huuchnahma.
(Der Maſſengeſang iſt verſtummt).

Stimmen der Hausbewohner. Die ſahn doch
reen gar ni a ſu büſe aus

Hornig. Nu lußt's gutt ſein! wart's ock ab!
itzt nahma j'n de Gelegenheet irſchte richtich ei
Augaſchein. Siehch ock, wie ſe da Palaſt vu alla
Seita uuf's Kurn nahma. Satt ock dann klenn
dicka Man — a hoot an Faareimer müte. Das
iis a Schmiid vu Püterſchwahl, a gar a ſührr geſirre
Mannla. Dar heebt die dickſta Thiren ei, wie
Schaumprazeln — das kinnt 'r gleeba. Wenn
dar amool an Fabrikanta ei de Mache kriecht —
dar hoot aber verſpielt, dohie!

Stimmen der Hausbewohner. „Praaz huſt
a Ding!" „Do flug a Steen ei's Fanſter!"
„Nu kriecht's d'r aale Dittrich mit d'r Angſt."
„A hängt an Tuffel raus." „An Tuffel hängt a
raus?" „Was ſtihts denn druuf?" „Kannſt du ni
laſa?" „Was ſeld ock aus mir warn, wenn iich ni
laſa kende." „Na, lies amool!" „Ihr — ſollt — alle
beefrie — digt werden, Ihr — ſollt — alle — befrie=
digt werden."

Hornig. Das kunnd a underwajens loon.
Halfa thutt's o ni a ſu viel. Die Brüder han
eegne Mucka. Hie iis uf de Fabrike abgeſahn. De
mechanſcha Stihle, die wulln ſe doch aus d'r Welt
ſchaffa. Die ſein's doch halt eemool, die a Hand=
wabr zu Grunde richta: das ſitt doch a Blinder.
Nee, nee! die Chriſta ſein heut eemol eim Zuge.
Die brengt kee Landrooth und kee Verwalter zu
Verſtande — und keene Tuffel ſchun lange ni. War
die hoot ſahn wertſchafta — dar wiß, was 's ge=
ſchlan hoot.

Stimmen der Hausbewohner. „Ihr Leute,

ihr Leute a su ane Menschheet!" — „Was wulln denn die?" — (hastig.) „Die kumma ju iber die Bricke riber!? — (ängstlich.) „Die kumma wull uuf de kleene Seite?" (In höchster Ueberraschung und Angst.) „Die kumma zu ins, die kumma zu ins." „Se hulln de Waber aus a Häusern raus."

(Alle flüchten, das „Haus" ist leer. Ein Schwarm aufständischer beschmutzt, bestaubt, mit von Schnaps und Anstrengung gerötheten Gesichtern, wüst, übernächtigt, abgerissen, bringt mit dem Ruf: „Waber raus!" in's „Haus" und zerstreut sich von da in die einzelnen Zimmer. In's Zimmer des alten Hilse kommt Bäcker und einige junge Weber mit Knütteln und Stangen bewaffnet. Als sie den alten Hilse erkennen, stutzen sie, leicht abgekühlt.)

Bäcker. Vater Hilse, hiirt uuf mit dar Exterei. Lußt ihr das Bäntla dricka, war Lust hoot. Ihr braucht Euch senn Schada nimeh airata. Doderfüre werd gesurcht warn.

Erster junger Weber. Ihr sullt au kenn Taag ni meh hungrich schloofa gihn.

Zweiter junger Weber. D'r Waber sool wieder a Daach iber a Kupp und a Hembde uuf a Leib kriega.

Der alte Hilse. Wu brängt euch d'r Teiwel har miit Stanga und Aexta.

Bäcker. Die schla mer azwee uuf Dittrichas Puckel.

Zweiter junger Weber. Die mach m'r glihnich und stuppa se a Fabrikanta ei a Racha. Das se au amool mierka, wie Hunger brennt.

Dritter junger Weber. Kummt miit, Vater Hilse! mir gahn kee Pardoon.

Zweiter junger Weber. Miit ins hoot o kenner Derbarma gehat. Weeder Gott no Mensch. Itzt schaffa mir ins salber Recht.

Der alte Baumert (kommt herein, schon etwas unsicher auf den Füßen, einen geschlachteten Hahn unter'm Arm. Er breitet die Arme aus). Brii — derla — mir sein alle Brüder! Kummt a mei Herze, Brüder!

(Gelächter.)

Der alte Hilse. A su sist du aus, Willem!?

Der alte Baumert. Gustav, Du!? Gustav, armer Hungerleider, kumm an mei Herze. (Gerührt.)
Der alte Hilse (brummt). Luß mich zufriede.
Der alte Baumert. Gustav, a su iß. Glück muuß d'r Mensch han. Gustav, schmeiß amol a Auge uuf miich. Wie sah iich aus? Glück muß d'r Mensch han! Sah iich nee aus wie a Groowe. (Sich auf den Bauch schlagend.) Root amool, was ei dan Bauche stackt? A Edelmansfrassa stackt ei dann Bauche. Glück muuß d'r Mensch han, do kriecht a Schlampancher und Hasagebrootnes. — — Ich war Euch was san: mir han halt an Fahler gemacht: Zulanga miß mer.
Alle (durcheinander). Zulanga miß mer, hurrah!
Der alte Baumert. Und wenn' ma de irschta guda Bissa verdrickt hoot, do spirt ma's wull baale ei d'r Natur. H — uchjesus, do kriecht nia an Fursche, a su stark wie a Brennner. Do treibt's een de Stärke aus a Gliedmaßa ock a su raus, das ma gar nimeh sitt, wu ma hicheebt. Verflugasich die Lust aber o!
Jäger (in der Thür, bewaffnet mit einem alten Kavalleriesäbel). Mir han a par vermooste Attaka gemacht.
Bäcker. Mir han'n die Sache schun sihr gutt begriffa. Ees, zwee, drei, seiner dinne ei a Häusern. Do gihts aber o schunn wie helles Feuer. Das ock a su prasselt und zittert. Das de Funka spritza, wie ei d'r Feueresse.
Erster junger Weber. Mir selba gar amol a klee Feuerla machja.
Zweiter junger Weber. Mir ziehn no Reechenbach und zinda a Reicha de Häuser überm Kuppe a.
Jäger. Das war dann a Gestrichnes. Do kriichta se irscht gar viel Feuerkasse. (Gelächter.)
Bäcker. Von hie ziehn mer no Freibrich zu Tromtra'n

Jäger. M'r selba amol de Beomta huuch nahma. Ich ha's gelasn, vu a Birokratern kimmt alles Unglickliche.

Zweiter junger Weber. Mir ziehn bale no Brassel. Mir kriecha ju immer meh Zulauf.

Der alte Baumert (zu Hilse). Nu trink amol, Gustav!

Der alte Hilse. Ich trink nie ke'n Schnaps.

Der alte Baumert. Das war ei d'r ala Welt, heut sei mir ei euner andern Welt, Gustav!

Erster junger Weber. Alle Tage iis nee Kerms. (Gelächter.)

Der alte Hilse (ungeduldig). Ihr Hellabräude, was wullt Ihr bei mir.

Der alte Baumert (ein wenig verschüchtert, überfreundlich). Nu siehch ock, ich wullt d'r a Hahnla bränga. Sullst Muttern dervone an Suppe kocha.

Der alte Hilse (betroffen, halb freundlich). O, gih und sas Muttern.

Mutter Hilse (hat, die Hand am Ohr, mit Anstrengung hingehorcht, nun wehrt sie mit den Händen ab). Lusst miich zufriede. Ich maag keene Hühnlasuppe.

Der alte Hilse. Hust recht, Mutter. Ich au ni. A su eene schnum gar ni. Und Dir, Baumert! Dir wiil iich a Wort san. Wenn de Aala schwutza wie de kleen Kinder, do stiht d'r Teiwel uf'm Kuppe ver Freeda. Und das d'r'sch wißt! Das d'r'sch alle wißt: Ich und Ihr, miir han nischt ni gemeen. Miit menn Willa seit'r nee hie. Ihr hat hie no Recht und Gerechtichkeet nischt ni zu sicha!

Stimme. War ni miit ins iis, dar iis wider ins.

Jäger (brutal drohend). Du bist gar sihr schief gewickelt. Hiir amool, Aaler, mir sein keene Diebe.

Stimme. Mir han Hunger, wetter nischt.

Erster junger Weber. Mir wulln laba und

wetter nischt. Und deshalbich ham mer a Strick dorchgeschniita a dammer hinga.

Jäger. Und das war ganz recht! (Dem Alten die Fauſt vor's Geſicht haltend.) Sa Du no ee Woort. Do ſetzt's a Ding nei — mitta ei's Zifferblat.

Bäcker. Gatt Ruhe, gatt Ruhe, luß Du da ala Man. — Vater Hilſe: a ſu denka mir eemol: ehnder tuut, wie a ſu a Laba no eemol aſanga.

Der alte Hilſe. Ha iich's ni gelabt ſechzich und meh Johr?

Bäcker. Das iis eegal, anderſcher muuß doch warn.

Der alte Hilſe. Am Nimmermehrſchtage.

Bäcker. Was mir ni guttwillich kriecha, das nahma mir mit Gewalt.

Der alte Hilſe. Mit Gewalt? (Lacht.) Nu do lußt Euch baal begraba dohie. Se werns Euch beweiſa, wu de Gewalt ſtackt. Nu wart ock, Perſchla!

Jäger. Ernt wächen a Suldata? Mir ſein au Suldata gewaſt. Miit a par Cumpanieen wern mir ſchunn fertich warn.

Der alte Hilſe. Miid'n Maule, do gleeb iich's. Und wenn au: Zwee jat'r naus, zahne kumma'r wiedr rei.

Stimmen (durch's Fenſter). Miltär kimmt. Satt ich viir!

(Allgemeines, plötzliches Verſtummen. Man hört einen Moment ſchwach Querpfeifen und Trommeln. In die Stille hinein ein kurzer, unwillkürlicher Ruf:

„O verpucht! Ich mach lang!" (Allgemeines Gelächter.)

Bäcker. War redt hie vu ausreißa? War iis das gewaaſt?

Jäger. War tutt ſich hie ferchta, ver a par lumpichta Pickelhauba? Ich war Ech kumdiren. Ich biin beim Commis gewaaſt. Ich kenn da Schwindel.

Der alte Hilſe. Miit was wullt'ern ſchiſſa? Wull miit a Prücheln, hä?

Erster junger Weber. Da ala Kroop lußt zufriede, a iis ni recht richtich eim Äberstibla.

Zweiter junger Weber. A wing übertrabt iis a schunt.

Gottlieb (ist unbemerkt unter die Aufständischen getreten, packt den Sprecher). Sullst Du an ala Mane a su fläusch tumma?

Erster junger Weber. Luß mich zufriede, ich ha nischt gesat biises.

Der alte Hilse (sich ins Mittel legend). O luß Du a labern. Vergreif Dich ni, Gootlieb. A werd baal genung eisahn, war de hinte verwerrt iis, ich aber har.

Bäcker. Gihst' mit ins, Gootlieb?

Der alte Hilse. Das wird a wull blein loon.

Luise (kommt in's Haus, ruft herein). O halt Euch ni ufs irscht. Miit suchta Gebattbichla-Hengsta verliert irscht keene Zeit. Kummt nuf a Platz! Uf a Platz sulter kumma. Pat Baumert kummt a su schnell wietr kinnt. Dr Majoor spricht miit a Leuta vunn Fare runder. Se selba heem gihn. Wennter ni schnell kummt, ham mer verspielt.

Jäger (im Abgehen.) Du huft an schinn tappern Man.

Luise. Wu hätt iich an Man? Ich ha gar kenn Man!

(Im „Hause" singen einige.)

'S war amool a klecner Man
Hee, juchhee!
Daar wuld a gruß Weibla han
Hee bidel bidel dim dim dim heirassassa!

Der alte Wittich (ist, einen Pferdeeimer in der Faust, vom Oberstock gekommen, will hinaus, bleibt im „Hause" einen Augenblick stehen.) Drauf! war de tee Hundsjutt sein wiil, Hurrah!

(Er stürmt hinaus. Eine Gruppe, darunter Luise und Jäger folgen ihm mit „Hurrah".)

Bäcker. Laabt gsund, Vater Hilse, mir sprecha ins wieder. (Will ab.)

Der alte Hilse. Das gleeb iich wull schwerrlich. Fimf Johr laab iich nimeh. Und ebnder kummste ni wieder raus.

Bäcker (verwundert stehen bleibend). Wudn hat, Vater Hilse?

Der alte Hilse. Aus 'n Zuchthause, wuhar du suste.

Bäcker (wild herauslachend). Das wär mir schun lange recht. Do kriicht ma wenst sat Brunt, Vater Hilse! (Ab.)

Der alte Baumert (war in stumpssinniges Grübeln, auf einem Schemel hockend, verfallen; nun steht er auf). 'S is wohr, Gustav, an' kleene Schleuder ha iich. Aber derwegen biin ich no klar genung eim Heete — dohie. Du hust deine Meenung vo daar Sache, ich ha meine. Ich sa: Bäcker hoot recht, nimmt's a Ende ei Kääta und Stricka: — Eim Zuchthause iis immer no besser wie drheeme. Doo iis ma versurcht; do brauch ma ni darba. Ich wullde ju gerne ni miitmacha. Aber siech ock, Gustav; d'r Mensch muuß doch a cenzichte Mool an Auchablick Lust kriecha. (Langsam nach der Thür.) Lab gesund, Gustav. Selde was viirfalln, spriich a Gebaatla fer miich miite, hirscht! (Ab.)

(Von den Aufständischen ist nun keiner mehr auf dem Schauplatz. Das „Haus" füllt sich allmälig wieder mit neugierigen Bewohnern. Der alte Hilse knüpft an der Werfte herum. Gottlieb hat eine Axt hinterm Ofen hervor geholt und prüft bewußtlos die Schneide. Beide, der Alte und Gottlieb, stumm bewegt. Von draußen bringt das Summen und Brausen einer großen Menschenmenge.)

Mutter Hilse. Nu sa ock, Man — de Diela zittern ju a su sihr — was giht den viir. Was sool denn hie warn?

(Pause.)

Der alte Hilse. Gootlieb!

Gottlieb. Was sool iich denn?

Der alte Hilse. Luß du die Axt liecha.

Gottlieb. War sool denn Hulz kleene macha?

(Er lehnt die Axt an den Ofen.)

(Pause.)

Mutter Hilse. Gootlieb, hiir du nuf das, was dr Vater sat.

Stimme (vor dem Fenster singend)
Kleener Mann blei ock d'rheem
Hee, juchhee!
Mach Schüssel und Taller reen
Hei bidel bidel, dim dim dim. (Vorüber.)

Gottlieb (springt auf, gegen das Fenster mit geballter Faust)
Dos, mach mich ni wilde!
(Es kracht eine Salve.)

Mutter Hilse (ist zusammengeschrocken). O, Jesus Christus, nu dunnert's wull wieder!?

Der alte Hilse (mit unwillkürlich gefalteten Händen). Nu, lieber Herrgoot eim Himmel! schütze die arma Waber, schütz meine arma Brüder!
(Es entsteht eine kurze Stille.)

Der alte Hilse (für sich hin, erschüttert). Jitzt fließt Blutt.

Gottlieb Hilse (ist im Moment, wo die Salve kracht, aufgesprungen und hält die Art mit festem Griff in der Hand, verfärbt, kaum seiner mächtig, vor tiefer, innerer Aufregung). Na, sool ma sich ernt itzt o no kuscha?

Ein Webermädchen (vom „Haus" aus in's Zimmer rufend). Vater Hilse, Vater Hilse, gitt vum Fanster weg. Bei ins duba eis Aberstibla iis an Kugel dorch's Fanster geflumm. (Verschwindet.)

Mielchen (steckt den lachenden Kopf zum Fenster hinein). Grußvaterla, Gruußvaterla, se han miit a Flinta geschußa. A paar sein hii gefalln, euer bar dreht sich aju in's Kringla rim, immer in's Radla rim, euner bar that aju zappeln wie a Sparlich, dam ma a Kupp wegreßt. Ach, ach und a su viel Blutt kam getreetscht —!
(Sie verschwindet.)

Eine Weberfrau. A par han se taalt gemacht.

Ein alter Weber (im „Hause"). Paßt ock uuf, nu nahma sie's Miltär huuch.

Ein zweiter Weber (fassungslos). Nee, nu satt blossig, de Weiber, satt blossig de Weiber! wern se ni de Recke huuch häba! wern se ni's Miltär aspucka.

8*

Eine Weberfrau (ruft herein). Goottlieb, sieh'ch der amal bei Weib a, die hot mehr Krün wie Du, die springt vor da Bajonettern rim, wie wenn se zur Musike tanza thät. (Vier Männer tragen einen Verwundeten durch's Haus. Stille. Man hört deutlich eine Stimme sagen) 'S iis d'r Ulbrich's Waber. Die Stimme (nach wenigen Secunden abermals). 'S werd wull Feierobend sein mid'n, a hoot an' Prelltugel ei's Uhr gekrücht. (Man hört die Männer eine Holztreppe hinauf gehen. Draußen plötzlich). Hurrah, Hurrah! Stimmen im Hause. „Wu hans'n de Steene haar?" „Nu, zieht aber Leine!" „Bum Schulschbau." „Nu hattjee Suldata." „Nu regnt's Flastersteene." (Draußen Angstgekreisch und Gebrüll sich fortpflanzend bis in den Hausflur. Mit einem Angstruf wird die Hausthür zugeschlagen.

Stimmen im „Hause". „Se lada wieder". „Se wern glei wieder an' Salve gaan". „Vater Hilse, gitt weg vum Fanster".

Gottlieb Hilse (rennt nach der Axt). Was, was, was! Sein mir tulle Hunde!? Sull'n mir Pulver und Blei frassa, stat's Brunt? (Mit der Axt in der Hand einen Moment lang zögernd, zum Alten.) Sool mir mei Weib der= schußa wahrn? Das soql ni geschahn! (Im Fortstürmen.) Aufgepaßt, ißt kumm iich! (Ab.)

Der alte Hilse. Goottlieb, Goottlieb!
Mutter Hilse. Wu iis denn Goottlieb?
Der alte Hilse. Bei'm Teiwel iis a.
Stimme vom „Hause". Gitt vum Fanster weg, Vater Hilse!

Der alte Hilse. Iich ni! Und wenut er alle vunt drehnig werd! (Zu Mutter Hilse mit wachsender Ekstase.) Hi hoot miich mei himml'scher Vater hargesatzt. Gell Mutter? Hi bleim mer sitza und thun, was mer schuldig sein, und wenn d'r ganze Schnie verbrennt. (Er fängt an zu weben.)
(Eine Salve kracht. Zu Tode getroffen richtet sich der alte Hilse hoch auf und plumpt vornüber auf den Webstuhl. Zugleich erschallt verstärktes Hurrah=Rufen. Mit Hurrah stürmen die Leute, welche bisher im Hausflur gestanden, ebenfalls

hinaus. Die alte Frau sagt mehrmals fragend) „Vaterla, Vaterla was iis denn mit Dir?" (Das ununterbrochene Hurrah-Rufen entfernt sich mehr und mehr. Plötzlich und hastig kommt Mielchen ins Zimmer gerannt.)

Milchen. Grußvaterla, Grußvaterla, se treiba de Suldata zum Durfe naus, se han Dittricha's Haus gestermt, se macha's a su, als wie diiba bei Dreißigern. Grußvaterla!? (Das Kind erschrickt, wird aufmerksam, steckt den Finger in den Mund und tritt vorsichtig dem Todten näher.) Grußvaterla!?

Mutter Hilfe. Nu mach oc, Mau, und sprüch a Woort, 's kan een ju urntlich Angst waarn.

Schluß.

Das Weberlied wird gesungen nach der Melodie: „Es liegt ein Schloß in Oesterreich".

Druck von R. Boll, Berlin NW.

Gesammt-Personenverzeichniß.

Dreißiger, Parchend-Fabrikant.
Frau Dreißiger
Pfeiffer, Expedient ⎫
Neumann, Cassirer ⎬ bei Dreißiger.
Der Lehrling ⎭
Weinhold, Hauslehrer bei Dreißiger's Söhnen.
Pastor Kittelhaus.
Frau Pastor Kittelhaus.
Heide, Polizeiverwalter
Kutschke, Gensdrm.
Welzel, Gastwirth.
Frau Welzel.
Anna Welzel.
Wiegand, Tischler.
Ein Reisender.
Ein Bauer.
Ein Förster.
Schmiedt, Chirurgus.
Hornig, Lumpensammler.

Weber.
Bäcker.
Moritz Jäger.
Der alte Baumert.
Mutter Baumert.
Bertha ⎫
Emma ⎬ Baumert.
Fritz, Emma's Sohn (vier Jahre alt).
August Baumert.
Der alte Ansorge.
Frau Heinrich.
Der alte Hilse.
Frau Hilse.
Gottlieb Hilse.
Luise, Gottlieb's Frau.
Mielchen, Tochter. (4 Jahre alt.)
Eine große Menge junger und alter Weber und Weberfrauen.

Die Vorgänge dieser Dichtung geschehen in den vierziger Jahren in Kaschbach im Eulengebirge, sowie in Peterswaldau und Langenbielau am Fuße des Eulengebirges.